Dakaï

Spirit Black

Dakaï

L'image de la couverture a été téléchargée légalement et gratuitement. Voici sa référence :

©<ahref='https://fr.123rf.com/profile_captainvector'>captainvecto r</a>, <a href='https://www.123rf.com/free-images/'>123RF Free Images</a>

© 2023 Spirit Black

Édition : BoD – Books on Demand, info@bod.fr
Impression : BoD – Books on Demand, In de Tarpen
42, Norderstedt (Allemagne)

Impression à la demande

ISBN : 978-2-3224-3226-4
Dépôt légal : Décembre 2022

À tous les explorateurs d'espaces inconnus

À tous ceux qui rêvent de nouveaux univers

Chapitre I

White

Tout a commencé quand White, le dragon bleu,
est allé s'entraîner dans le lieu le plus éloigné
de toutes sources de vies sur la terre :
le désert de glace.

Celui-ci se situe au pôle nord.
C'est une vaste étendue de dunes de neige
où le climat est glacial et où règnent des tempêtes
de crachins.

Cet entraînement consistait à renforcer le lien
qui l'unissait à ses copains :
Saimi, le monstre-arbuste, Cebi aux ailes de fée,
et l'alien Doxy.

White avait traversé les quatre coins du globe
pour devenir ami avec eux.
Leur dernière aventure consistait à s'attacher d'amitié
avec Kyuem, un dragon gris.

Dans ce monde, la règle est qu'il faut combattre
ensemble quand on ne se connaît pas assez.
Si le match se passe correctement, alors les adversaires
peuvent se lier d'amitié.

White proposa donc à Kyuem un match.

Kyeum accepta. Le match s'avéra redoutable.

Après un rude combat acharné, Kyuem terrassa White.

Ce n'était pas le premier match que White perdait.
Mais celui-ci allait sans doute être le dernier,
car il s'enfonça dans la glace.

**
*

À ce moment-là, voilà à quoi White pensait :

« L'immersion de mon corps se fait très lentement.
La température diminue doucement.
Les souvenirs coulent en masse dans mon esprit.
Et me voilà à remonter la rivière de la vie.
Dans les ondes glisse une tendre mélopée.

Je me revois enfant au bord de l'océan.
Mes ailes d'argent reflétaient la lune.
Si magnifique, si grande.

Il est trop tard, hélas, les ténèbres m'embrassent.
À l'eau je suis tombé, et je vais me noyer.
Mon instinct est brouillé, je ne peux pas nager.
Mais, soudain, dans mon dos je sens une poussée,
je crève la surface.

Il est là, je le sens. Je m'enfuis. Il m'attend. Tout près.
Ici ? Là-bas ? Derrière moi ? Devant ?
Dans les ténèbres, se fond et patiemment me guette
une bête.

Nulle part où aller, quand je tourne la tête.

Mon cœur bat au rythme cadencé de mes pas.

Des sons, des formes, des cris, éclat rouge de la lune,
reflet dans ses yeux.
Il est le porteur de la colère des monstres
et de la noirceur du malheur.
Tous mes sens sont trompés par ce mal qu'on me fait.

Sous les durs rayons noirs du soleil de la mort,
se profile l'ombre qui n'a ni cœur ni corps.
Les souvenirs saisissent mon âme en délire.
Mon esprit obstrué contemple mon passé.

Des mains froides me tirent, je ne peux plus tenir.
Les murs se referment sur mon âme meurtrie.
Et ma conscience goûte au nectar de folie.

Ce monstre silencieux referme sur moi son piège.
Il me déchire, il m'a eu sans rien y paraître.
Je ne sais où je suis, qui je suis, ni que fais-je.
Et je tombe dans les profondeurs de mon être.
Cet horrible cauchemar me tue et je meurs...

Non !

J'ai un amour. Un amour passionnel.
Cet amour est la vie et mes amis,
qui se dessinent au loin.

Je sors du néant.
Je sors de ce nuage. Un nuage bien sombre.
Une lumière me vient. L'aube se lève.
Le crépuscule décline.

Je ne suis plus au désert de glace.
L'océan m'a amené ici sur cette plage.
Je m'avance sur un chemin.
Un chemin de pierre qui nous laisse bien souvent
de marbre.
Je relève la tête. Et vois un ciel très bleu.
Des Rocanags en nombre y volent.
Des collines se dressent.
Un vent baigne la prairie où les feuilles vertes ondulent.
Le contour des montagnes se dessine.
Le ciel est magnifique.
Quelque peu lunatique.

Au sommet des montagnes, l'or blanc luit.
La neige pailletée scintille.
J'en oublie toutes mes broutilles.

C'est une beauté à double tranchant que l'on omet
rapidement.
Les ombres des grands arbres m'accueillent en silence.
Au détour d'un chemin enchanteur, un ruisseau
y serpente à son gré, caressant les pierres remplies
de mousse, salué par de multiples petites fleurs.
Il ruisselle, emportant avec lui des feuilles rousses
de la forêt, dont le cœur est plein de sérénité.

Certaines forêts ont une histoire.

Celle-ci est habitée par des Acains,
et bien d'autres encore.
Dans la forêt, plane un grand mystère.
Au petit matin, tout est rempli de rosée.
C'est une belle journée parée de lumière.
De branches en branches, volent des Cobos.

Survient un Geriagle à la beauté éblouissante.

La forêt redevient paisible, silencieuse.
Comme si là, elle fêtait son renouveau.

Mon âme se sent plus légère.
Le ciel si bleu, rend la forêt majestueuse.

Mais là, maintenant, les Symbios dansent
et l'arbre vibre en secouant ses branches au vent léger.
Des Tauros s'abreuvent au ruisseau et je suis envahi
de bonheur, assis au creux de cet arbre majestueux... »

*

Le lendemain, je demandai à mes nouveaux amis
où j'avais atterri.
Il me répondirent que j'étais sur Sikan,
une très grande île.
Ils m'expliquèrent son histoire et me donnèrent
beaucoup d'informations à propos de celle-ci.

Après cela, je décidai de me fixer un but :
retrouver Saimi, Cebi et Doxy, mes vieux amis qui,
peut être, eux aussi, étaient naufragés sur cette île.

*

Alors je pars à leur recherche, l'âme pensive :

« Je pars de cette forêt.
Salut, bois couronné d'un reste de verdure !
Entends ma douleur et apaise encore mes regards.

Je suis d'un pas rêveur et solitaire, ce soleil pâlissant,
dont la faible lumière perce à peine à mes pieds
l'obscurité des bois.

Oui, dans ces jours de printemps,
la nature expire avec ses regards voilés.
Je trouve soudain plus d'attraits.

C'est l'adieu d'un ami, c'est le dernier sourire.
Des lèvres que la mort va fermer à jamais.

Ainsi, prêt à quitter l'horizon de la vie,
je me retourne encore, et d'un regard d'envie,
je contemple ces biens dont je n'ai pas joui.

L'air est si parfumé. La lumière est si pure.
Peut-être dans la foule, une âme que j'ignore,
aurait compris mon âme, et m'aurait répondu ?

La fleur tombe en livrant ses parfums au zéphyr,
à la vie, au soleil, ce sont là ses adieux.
Quelques étoiles apparaissent.
Leur beauté tendrement m'agresse.
Je les admire éclairer les cieux, de leurs phares
dont on ne se lasse pas, d'une lumière fine et légère.

J'ai l'impression de vivre quelque chose de magique.
Le ciel est magnifique.
Il est parsemé de certains nuages qui se déplacent,
libres, sans cage.
La forêt dort encore, éclairée par ce soleil d'or.
Le vent éveille peu à peu les arbres dormeurs.
Ils ravivent doucement leurs couleurs.
Le soleil gagne les collines de neige,
se faufilant entre les troncs d'arbres beiges.

Les Piakos chantent.
Des Lapeilles sauvages sautent en jouant.
Au loin, Goéles et Canartcho volent, transportés
par le vent, et explorent ce ciel trop grand.

Mais quelque chose cache ce paysage et éclipse
les dorures des nuages.
Ce n'est rien d'autre que la chaîne de montagnes.
Timidement, le soleil se dessine.

Les Etormis gazouillent et sifflent.
Et leurs chants nous appellent à travers les coteaux. »

*

Je marchais toujours vers la chaîne de montagnes.
Mais avant d'y aller, j'avais décidé de laisser derrière
moi une empreinte de mon passage.

Je décidai donc de me diriger vers le centre de la forêt.
La couche solaire revêtait son habit de nuit.
La lune montait parmi les astres
dans l'obscurité silencieuse.

La nature était comme un grand corps parcouru
de frissons.
Mon être vibrait dans ce vaste silence,
au parfum des mythes anciens.
J'étais fragile, tendu dans le cocon de mes souvenirs.

Les arbres offraient leurs vertes couronnes au soleil,
tout en gardant cachés, dans l'ombre de leur écorce,
leurs secrets.
Au travers de hauts feuillages, suintait une pluie tiède
et lourde.

Mon cœur, et mon âme étaient en ravage.
Le ciel était gris, les troncs m'oppressaient,
et tout se condensait.

Le crépuscule venait lentement.

*

Je me mis à parler :

– Forêt silencieuse, aimable solitude,
que j'aime à parcourir votre ombrage ignoré,
dans vos sombres détours, en rêvant égaré.
Dans les arbres, je sens une douce tristesse.
Et le fond de la forêt semble encore m'appeler.

Oh ! que ne puis-je, heureux, passer ma vie entière ici.
Loin des humains.
Sur un tapis de fleurs, sur l'herbe printanière.
Tout parle, tout me plaît sous ces voûtes tranquilles !
Forêts, dans vos abris gardez mes vœux offerts !

*

J'arrivai enfin au cœur de la forêt.
Je convoquai les monstres qui y habitent
pour leur tenir un discours qui allait laisser
la marque de mon passage :

— La forêt est un endroit super à écouter.
Elle regorge de surprises à voir.
La forêt appartient à ceux qui y vivent.
Il faut la protéger contre les méchants.
La forêt a plein de ressources, il ne faut pas l'épuiser,
au contraire il faut l'aider. Elle a besoin d'être protégée.

Aidons-la à se battre pour avoir une planète
en bonne santé grâce aux arbres qui nous font vivre.

*

À la fin de mon discours, les cœurs des monstres
s'étaient réchauffés d'une profonde joie qui me rendit
si heureux que je décidai de leur offrir un cadeau qui
allait changer leurs vies.

Je convoquai l'eau pour qu'elle réanime les cultures
mortes, le vent pour transporter les vivres dans la
réserve, et la brume pour soigner les blessures faites
aux monstres.

Après cela, les monstres me supplièrent de rester
quelque temps dans la forêt.
Je leur dis qu'il n'était en aucun cas nécessaire de me
supplier pour que je reste, car le seul fait de leur
présence me plaisait, et que l'amour qu'ils me portaient
suffisait à me faire rester.

Mais je leur dis aussi, qu'il fallait quand même que je
quitte la forêt, un jour ou l'autre, pour aller rechercher
mes amis.

*

Le lendemain, on m'avait chargé d'une mission :
celle-ci consistait a retrouver un Oeoe qui s'était égaré
dans la forêt.

Je parcourus de fond en comble la forêt :

– Cela fait des heures que je te cherche en vain.
Pas un seul murmure, pas un seul écho ne me parvient !

Dans ce terrain aux immenses arbres,
je suis seul et je te hèle.
Quand me répondras-tu, ami ? Où es-tu donc ?
Il me semble parfois voir des ombres, et un fol espoir
se rallume en mon cœur, je m'empresse.
Pourquoi sembles-tu entouré d'une épaisse pénombre,
tant et si bien que je ne peux te voir ?
Où es-tu donc ? Fais moi un signe !
N'importe quoi, mais prouve-moi que tu es encore là !
Guide-moi vers toi, dans ce dédale de buissons !

*

Quand j'entendis enfin une voix, c'était Oeoe :
il pleurait.
Une fois arrivé prés de lui, je lui dis :

– Un jour, je ne contrôlerai plus rien.
La solitude deviendra mon seul amour.
Pour certaines personnes ce serait le bonheur.
Mais, pour moi, une triste douleur de voir
ma joie de vivre disparaître à jamais,
dans les gouffres de l'oubli.

Ce jour-là, quand le soleil tombera, quand le courage
baissera les bras, quand la terre entière brûlera,
quand le ciel s'éteindra, quand l'incertain fera place
à la fin, quand tous les liens sur terre auront rompu,
quand même les étoiles ne brilleront plus,
dans le temps et les galaxies, à travers les vents
de l'infini, je continuerai à aider les monstres.

Un simple signe de votre joie me transporte,
le bonheur m'ouvre doucement sa porte,
mais pour combien de temps, serai-je encore heureux ?

La vie est telle une rose en éclats :
face aux obstacles, elle déploie ses pétales et,
dès qu'on franchit une barrière, un pas, scintille.

J'ai toujours cru en un espoir.
Je ne regrette point d'être si optimiste,
même s'il m'arrive d'être triste.
Je souris à longueur de journée, je ne le cache pas.
Je souris toujours, même face au désespoir,
une envie de croire sans abandonner.

Je suis tombé tant de fois, pourtant.
J'ai toujours voulu me relever, c'est vrai.
À quoi ça sert de rester paralysé ?
Il faut se battre, et ainsi à chaque fois.
Aujourd'hui, je vis dans le noir, c'est vrai.
J'ai beaucoup souffert, suite à mon départ.
Mais toujours, ce sourire a été présent sur mon visage.

J'avoue : je souris même face aux naufrages !
Et si vous souriiez avec moi ?
Si on s'aidait à se relever parfois ?
Notre vision de la vie serait sûrement moins dure.
N'oubliez jamais qu'un espoir aide à franchir tous les
murs.

*

Ces mots avaient réussi à le consoler.

Je le raccompagnais auprès des Quboké.

Ils me remercièrent d'avoir retrouvé un membre de leur
famille, et ils m'informèrent que demain serait un
grand jour pour la forêt.

Une fois le soleil levé, je me dirigeai à l'endroit que
m'avaient indiqué les Qubokés.

Il y avait tout un groupement de monstres,
mais il y avait surtout un grand nombres d'Eolus,
autour d'une roche recouverte de mousse.

À ce moment-là, je savais ce qui allait se passer.
On m'avait dit que je devais inaugurer l'événement.

*

Je commençai donc :

– La courbe de ta mousse fait le tour de nos cœurs,
un rond de danse et de douceur, auréolée par le temps,
berceau nocturne et sûr.

Feuilles de jour et mousse de rosée, roseaux du vent,
sourires parfumés, ailes couvrant le monde de lumière,
souvenirs chargés du ciel et de la mer, chasseurs
des bruits et sources des couleurs, parfums éclos
d'une couvée d'aurore, vous gisez toujours sur la paille
des astres, comme le jour dépend de l'innocence.

Le monde entier dépend de ta mousse pure
et tout mon sang coule dans ta roche.

Nous ne voulons qu'un changement.

En ton être qui nous fait peur, et nous tourmente,
nous souhaitons que nos délices viennent en ton cœur,
et en ton esprit qui nous est cher,
mais qu'il nous est aisé d'oublier.

Hélas ! Notre désir est lié à quelque beauté
de ta mousse ! Nous ne retrouverons point le repos,
il n'est plus d'âme ou de propos.

Qui nous enseignerait l'infini ?
Mais nous constatons que ta mousse,
comme un implacable accident,
rend nos destin hagards.

Maintenant nous savons qui nous sommes.
Tu pourras changer nos cœurs,
car nous avons effacé toutes nos rancœurs.
Nous avons mis certains rêves de côté.
Il faut parfois savoir pardonner, pour mieux progresser,
oublier le mal qui a été fait dans le passé.
Ne penser qu'à l'avenir.

On a tout pour être bien, c'est ce qu'on doit se dire.
Certains sont beaucoup plus malheureux,
mais n'osent encore se plaindre.
Nous aimerions avoir le pouvoir d'aider
ceux qui ne savent plus être heureux.
Fais les évoluer, s'il te plaît, priai-je, en finissant
mon discours.

*

Tout d'un coup, les Eolus furent entourés d'une lueur
blanchâtre. Quand celle-ci fut éteinte, les Eolus avaient
évolué en Pili.

Je repris la parole, m'adressant à l'assemblée :

– Merci, pour m'avoir ouvert les yeux,
lors de ces moments malheureux,
de m'avoir accepté, et de m'avoir aidé.

Je souhaite ici exprimer ma gratitude.
Grâce à vous, je me sens bien entouré.
Je sors peu à peu du gouffre du désespoir.
J'arrive même à sortir des crocs de l'infortune.
Mon cœur, ne se reconstruit plus d'amères rancunes.

Alors que j'oscillais entre la vie et la mort, je redeviens
un être. J'envisage même d'améliorer mon sort.
Sachez cependant que mon esprit restera torturé
à jamais. Votre réconfort a enlevé les chaînes qui
saignaient mon cœur. Vos sourires, vos rires et vos
larmes atténuent mes douleurs.

Je ne vis plus, noyé dans mes larmes.
Je tente de tourner la page et je sors de ma vie
tous ces drames.
Je souris pour vous faire plaisir.

Peut-être pourrais-je enfin vous dire que vous m'avez
tiré des griffes de la disparition.
Merci, je vous aime, vous, vos sourires, vos rires
et vos regards.

Je vais tenter de quitter la désillusion qui m'entoure,
essayer de sortir de mon monde où la seule couleur
est le noir.
Merci, je vous aime et vous soutiendrai pour toujours.

Il faut désormais que j'aille au centre de la forêt,
chercher certaines fleurs pour la seconde cérémonie.
Ces fleurs se font appeler « Gracidées ».
Celles-ci permettent aux Saymis de se métamorphoser
en forme céleste.

*

Je partis donc pour ma seconde expédition.
Une fois arrivé à destination, une douce odeur emplit
mes narines et mon cœur, d'une volupté rappelant
les bonheurs d'antan.
Parfum subtil, parfum exquis, parfum des fleurs.
Odeur de la nature qui revit, du printemps.

Devant mes yeux ébahis s'étale le bonheur.
Le soleil change mes yeux en de parfaits diamants,
et emplit mon âme de cet espoir tout printanier,
combiné aux chants cristallins des Rocols.
Il répand une aura de joie sur le monde entier.

Les fleurs : elles naissent dans un mystère et jaillissent
de la terre, avec toutes les couleurs,
elles apportent le bonheur.
Dans la rosée elles s'ouvrent, et le soir elles se
couvrent, sans faire le moindre bruit.
Pour s'endormir la nuit, elles cherchent le soleil,
qui passe dans le ciel.
Elles se gorgent de chaleur, et adorent la douceur.

Elles invitent les Apitines à boire dans leurs étamines
pour emplir des corbeilles de pollens collés aux pattes.
Travaillant de longues heures, ces dernières emportent
ainsi des grandes prairies de fleurs qui renaîtront
demain.

Les fleurs ont un langage qui parle aux gens sages
pour leur dire, en silence, tout l'amour que l'on pense.
Nobles fleurs de culture qui font de longs voyages,
ou petites fleurs des champs que ramassent les enfants,
toutes consolent ceux qui pleurent.

*

Je prends enfin un bouquet de Gracidées en utilisant
mes pouvoirs.
– Brume de mon esprit, apaise leur souffrance.
Vent qui règne dans mon âme,
cueille ces fleurs avec soin.
Eau qui coule dans mon sang,
fais germer de nouvelles pousses.

*

Un monstre m'ayant vu faire, me questionne sur le fait
que j'avais utilisé mes pouvoirs, et non mes mains,
pour cueillir les Gracidées.

Je lui réponds simplement :

– En cueillant les fleurs ainsi, avec tes mains, tu fais
mal aux plantes. Respecte la nature et elle t'offrira
une belle surprise. Si tes pouvoirs sont trop puissants
pour cette tâche, entraîne-toi, mais ne renonce pas.

Si la vie est trop dure,va donc dans la nature.
Ouvre bien grand ton cœur pour y mettre des fleurs.
Respire tous leurs parfums, sans y mettre les mains,
pour que même fanées, elles reviennent chaque année.

Plante des fleurs, le vent t'emportera vers le bonheur,
et les fleurs te transporteront au pays des rêves.

*

Le monstre tout abasourdi partit à la recherche
de ses amis pour ébruiter mon message.

– Ah ! si seulement tout le monde pouvait traiter le
monde comme je le fais ! murmurai-je au vent.

Ce serait tellement merveilleux de voir les miracles
que peut nous fournir la nature. Mais pour cela il
faudrait que tout les êtres vivants s'y mettent.

*

Je retournai alors à l'endroit où s'était déroulée la
première cérémonie, pour y déposer les Gracidées
que j'avais cueillies.
Les Saymis les prirent et se métamorphosèrent en
forme céleste.

Contrairement aux autres Saymis célestes existant déjà,
ceux-ci avaient des couleurs plus vives et un pelage
éclatant.

Ils me demandèrent d'où pouvait venir ce miracle de
leur beauté resplendissante.
Je leur dis seulement deux mots :
– La nature.

Il ne manquait plus qu'une cérémonie à fêter.
Après, je devais me diriger vers la chaîne de montagnes
pour chercher mes amis.

La dernière cérémonie consistait à trouver
des Pierres évolutives de type Plante.

Mais celles-ci se trouvaient au cœur d'un labyrinthe,
composé d'un dédale construit difficilement avec des
dalles de sentiments cimentées par les regrets, lavées
par des larmes versées.

*

Je dis alors :
– Labyrinthe, d'une vie suspendue, dans l'espace et
le temps. Tout simplement perdu, quelque part en
Orient.
Voici le triste décor, dans lequel plonge mon corps.

Pas à pas, j'avance, je parcours des distances.
Parmi toutes ces allées, si similaires, aboutissant à des
culs-de-sac déjà passés, je tourne en rond, sans autre
possibilité, rêvant à l'astre solaire.

Cette prison géométrique me prendra-t-elle ma vie
asymétrique ? Suis-je ainsi condamné pour mes torts ?

La résignation ne sera pas !
Je tendrai encore mes bras, pour retrouver le fil,
la lumière. Chaque facette de ton image, que tu reflètes,
éblouit mes yeux.

D'où vient cette clarté, de quel endroit ?
Je ne peux empêcher mon regard de se tourner vers toi,
pourquoi cette attirance ?
Serait-ce ta beauté, ou bien la lueur que tu dégages,
nul ne le sait !
Posée là, endormie dans cet écrin,
comment peux-tu rester là à attendre ?

On te regarde, on t'admire, mais personne n'ose te
toucher, ni même t'effleurer, pourquoi cette crainte ?
Serait-ce la peur, ou bien chacun a choisi de te laisser
ainsi, nul ne le sait !

Tu es trop belle pour qu'on te laisse ainsi.
La tête haute, je m'avance pas à pas vers toi.

Mes yeux me brûlent, je ressens dans ton attirance
de la souffrance.
Pourquoi ce mal, ce feu ? D'où vient-il ?
Pourquoi, sort-il tant de feux, de rayons de lumières,
de minéraux éclatants, terrestres luminaires,
filins d'argent resplendissants ?
Leurs éclats d'or, qui éclairent ma route,
éloignent la mort, effacent mes doutes.

*

Ainsi finit mon discours. Je m'emparai enfin de la
pierre et l'amenai au centre de la forêt.
Les Orides, qui m'y attendaient, la prirent
et évoluèrent.

Je dis au revoir aux monstres de la forêt et partis
définitivement vers la chaîne de montagnes.
Mon voyage vers celle-ci sera long, car sur mon
chemin, je pourrais retrouver l'un de mes amis.

C'est ainsi que White sortit de son voyage temporel.
Il voyagea dans la chaîne de montagnes.

Durant son périple, à la frontière entre les végétaux
de la forêt et les minéraux de la chaîne de montagnes,
il avait rencontré l'un de ses amis :
Cebi, le petit monstre aux ailes de fée.

Hélas ! White n'avait pas pu s'allier à lui,
car pendant son absence un ennemi avait surgi
du temps, sous le nom de Primal.

Primal, avec l'aide de Diala,
un monstre ayant l'apparence d'un prism,
avait effacé la mémoire de Cebi.
Même si le cœur de Cebi gardait les traces de son
passé, son futur était tracé. Il devait rester libre de
la menace et oublier White, pour une juste raison.
Il devait attendre que White retrouve son âme véritable.

Pour cela, White devait trouver Diala,
son nouvel adversaire, mais pas son ennemi.
En effet, White se disait qu'il n'existait aucun ennemi,
mais que ceux-ci étaient pour lui des amis perturbés
par tout ce que l'Homme avait engendré.

White continua sa route, seul.

Il avait évité les sommets abrupts, certains étaient
tellement pointus qu'ils auraient pu transpercer et
acérer la chair.

Une chose tracassait White :
Et si tous ses autres amis avaient eu, eux aussi,
cette drôle de maladie ?
Il serait alors obligé de détruire la menace, non pas
temporairement, mais définitivement.

Cebi, son ami, lui avait fourni des renseignements sur
ses agresseurs.

Diala et Primal n'étaient que les pions d'un échiquier.

Celui qui maniait ces pantins au bout des ficelles, c'était
Dakaï, un monstre de l'ombre.

Dakaï se faufilait dans les rêves de ses amis, pour les transformer en épouvantables cauchemars, et ainsi les manipuler durant leur sommeil.

Il attaquait ses amis de dos, à la déloyale.
Il avait réussi à influencer un monstre qui dominait la parcelle entre le monde réel de la vie, et la paix éternelle du repos de la mort.

White devait donc raisonner les monstres et négocier avec Dakaï pour éviter la pire sanction qui soit.
Sans tarder, il se dirigea vers une source où le mal pouvait régner.

White arriva enfin sur l'île volcanique.

Il avait vu au loin une ombre qui le suivait et qui ressemblait à la bête du combat qui l'attendait.
Mais elle semblait un peu plus différente que la dernière fois.

Il crut percevoir chez elle des signes de faiblesse.
Son intuition était donc bonne : l'île volcanique abritait le mal.

Une nouvelle difficulté s'était ajoutée sur sa route, car Kyuem, le monstre qui autrefois l'avait presque amené à la mort, était désormais arrivé dans cette réalité, lui aussi.

White volait le long des côtes de l'île volcanique, quand il aperçut dans l'eau un rocher différent des autres. Sa consistance ressemblait fortement à celle d'une météorite, il en émanait même de faibles quantités de radiation.

White était tellement absorbé par cette pierre
qu'il la heurta.
Le rocher se fissura et s'éboula dans l'eau.
Soudain celle-ci se mit à bouillir dangereusement.
Un geyser apparut, juste en-dessous de White,
et le frappa au ventre.

White se remit à voler avec difficulté.

Un monstre surgit du geyser : c'était Dexy, un alien,
l'un de ses amis !
Il n'avait apparemment pas perdu la mémoire,
comme Cebi.

Dexy l'informa que, lors du premier combat avec
Kyuem, l'un des leurs avait péri en se sacrifiant,
dans l'espoir de sauver ses amis, et que Saymi,
le monstre-arbuste venu en renfort, avait perdu la tête
suite à ce traumatisme.

Dexy ajouta qu'il avait créé une chaîne de couleur
rouge sang, où il ne manquait qu'un maillon.

Une fois la chaîne dissoute, Cebi avait retrouvé
ses esprits, le lien l'unissant à ses amis était incassable
et infranchissable.

Pour White, il ne restait plus qu'à faire résonner cette
amitié.

Soudain, le monstre que White avait aperçu dans
l'ombre passa à toute vitesse devant eux.

C'était Dakaï, le terrible monstre de l'ombre.

On aurait dit que le temps s'écoulait plus longuement que d'habitude.

Un événement que White n'avait pas prévu arriva. Sur le cratère du volcan, Dakaï se retournait contre son ancien ami Diala.

Il utilisait l'attaque « entrave », puis enchaînait avec une invocation de « cauchemar ».

Si Diala avait été dans sont état normal, il aurait pu attaquer pour causer lui aussi des dégâts sur Dakaï, mais ce ne fut pas le cas.

Dakaï aurait sûrement abattu Diala, car pour lui ce dernier ne devait sûrement plus lui être utile.

White l'arrêta à temps, pour négocier avec lui.

Il proposa à Dakaï qu'en échange de l'âme de ses amis, il se dévouerait à être éternellement son esclave, car il savait qu'il n'avait pas d'autre chance que celle de saisir cette opportunité pour les sauver.

Dakaï accepta et l'emporta dans sa dimension, sans que White ne puisse jamais revenir sur Sikan.

Dakaï libéra même les amis de White comme promis.

Doxy alla retrouver ses compagnons et leur raconta l'histoire de White.

Toute l'équipe composée de Saimi, Cebi et Doxy partit de Sikan, espérant enfin pouvoir s'allier à Kyrem, pour qu'ensemble ils retrouvent White...

Chapitre II

Spirit

Quand le volcan s'arrêta d'un coup,
le dragon rouge le survola longuement,
hurlant de tristesse.
Il faisait trembler les parois, les fissurait,
mais le volcan ne s'éveillait plus.
Le grand dragon, en son antre sombre, déversait
une fumée de ses larges naseaux.
Il guettait le silence, assis dans l'ombre,
et ses entrailles rougissaient
comme un volcan dans l'eau.

*

Soudain, ses yeux s'écarquillèrent.
Un murmure au loin lui parvint.
« Qu'est-ce que cela ? Je dois aller vérifier !
Mais peut-être vais-je avoir enfin de l'action ?
J'ai fait un rêve étrange où un monde nouveau
s'ouvrait devant moi. »

Le dragon s'écria :

– Toi, mystérieuse planète, tu vogues, sans lune,
au-delà de l'espace.
Tu charries ce fardeau sans l'espoir d'un arrêt,
ni celui de rejoindre une orbite plus basse.
À défaut de pouvoir revenir à leur place,
tous ceux qui ne sont plus te lèguent leurs attraits.

Ton champ de gravité métamorphose en grès
tout rayon lumineux, même le plus fugace.
Ce qui attire en toi prend aussi dans ses rets
l'âme du songe et du vide.
L'esprit pur qui s'arrache aux regrets,
croit s'anéantir jusqu'à la moindre trace.
Mais il ne fait qu'augmenter le fond de tes crevasses
et la teneur en âmes de ton minerai.

Pourquoi t'appesantir sur ce qui disparaît ?
Chacun de mes deuils décuple-t-il ta force,
tandis que d'autres pleurs épaississent ta glace ?
À quoi bon engrosser ton obscure besace,
si aucune naissance ne sort de ton noyau ?

C'est quand plus rien ne bat que je t'entends de près.
Le silence n'a pour seul mot de passe,
que ce qu'il prend pour voguer, ce qui,
au fond des âmes mortes,
n'est plus, hélas, que le temps d'après.

Tanguant à l'infini, sans l'espoir d'un arrêt,
ni celui d'exister hors de ta carapace,
tu poursuis une idée.
Tout cela, sans que l'on sache à quoi elle aboutit
et si même on y croirait.
Mais flirter avec le néant, quel intérêt pour toi
qui ne peux t'y frayer que des impasses ?
Vaisseau fantôme, tu pourrais à toi seul empêcher
la marée d'être basse !
Aux lois de l'univers, s'ajoute ton décret
qui s'applique, dès lors que ma tête dépasse.
Que l'abîme en moi remonte à la surface !

*

Déployant ses ailes noires, sa queue hérissée de dards
mortels se mit à battre les rochers violemment,
faisant trembler le sol.
Ses pattes aux griffes acérées se tendirent et,
en un éclair, il s'élança.
Le dragon prit alors son envol et se dirigea vers l'île.
Ses ailes changeaient de couleur.

Il sauta dans la brume, ailes grises déployées,
portant les flammes de la guerre dans les montagnes
sombres, brumeuses et ténébreuses.
Il déversa dans la nuit, et sous le tonnerre,
l'âcre fumée, si rouge et si merveilleuse.
Ce grand feu se reflétait dans ses yeux.
Il se hissa dans les airs, libre, fort, indomptable.

Son corps, écarlate sous terre, avait pris sa teinte
céleste d'un blanc lunaire.
Ce corps ainsi changé allégeait son envol.
Il tournoyait à l'affût de ce bruit qui l'avait alerté.

Puis ses yeux virent au loin le rougeoiement
d'un volcan en éruption.
Une fois arrivé au nouveau volcan, il s'enfonça
dans une faille, se posa en frappant le sol
de ses pattes acérées.
Il revêtit alors son corps terrestre rougeoyant.

La lave jaillissait du volcan et, en écho, le dragon
lui répondait en crachant des flammes vives
de ses naseaux.

Le bruit l'excitait, le magma lui plaisait.

*

Il ouvrit sa gueule hérissée de crocs destructeurs
et il hurla de joie :

– Enfin ! Le paradis pour moi !
J'ai vu tout cela dans mon rêve et ce n'est que le
début !
Le volcan s'est éveillé, et c'est une deuxième naissance
pour moi.
Je me rappelle ce bruit, ces odeurs, ces sensations.

Tout recommence à nouveau.
Ces flammes me ravissent, et cette odeur de brûlé
aiguise mon appétit.
Je vais en profiter pour me ravitailler !
Si j'ai du goût, ce n'est guère que pour la terre
et les pierres.
Je déjeune toujours d'air, de roc, de charbon et de fer.

*

Il n'avait jamais été si heureux.

Il cracha de toutes ses forces une flamme gigantesque.
Il repartit alors à l'aventure, et découvrit qu'il avait
atterri sur une petite île volcanique,
juste à côté de l'île de Sikan

Le dragon se promenait au-dessus de l'île volcanique,
quand il vit un Vocapod, un monstre de lave,
qui se reposait auprès d'une source d'eau chaude.

Le Vocapod semblait assez âgé pour le renseigner.

Le dragon se posa donc sur le versant qui longeait
le brouillard de la source.
Il s'approcha de celle-ci.

Des bulles, à la surface de l'eau étaient tellement bouillantes que, lorsqu'elles éclataient,
elles formaient une brume opaque, qui recouvrait toute la pente menant à la source.

Une fois arrivé auprès du Vocapod, le dragon rouge, notre nouvel héros, qui s'appelait Spirit, se décida à poser la question qui lui brûlait les lèvres :
– Bonjour, Monsieur. Puis- je vous demander, s'il vous plaît, si vous savez si cette montagne manifestera bientôt sa colère?
– Petit dragon, je ne te répondrai que si tu me donnes assez de renseignements sur cette bouche de feu.
 Dis-moi ce que tu vois.

– Je remarque que le volcan n'a pas émis de pierres volcaniques depuis longtemps.
Je sens le manteau terrestre trembler, cela signifie que le volcan est endormi.
L'air est pur et sans gaz volcanique.
Il y a encore des traces de magma sur le volcan.
La lave, quant à elle, s'est transformée en roche.
Les glissements de terrain sont encore visibles.
Il n'y a plus de nuées ardentes dans le ciel,
ni de cendres sur le sol.
Sur les pentes du volcan, la nature n'a pas poussé
à certains endroits, à cause des précédentes éruptions.
Je vois une aiguille de lave, ainsi qu'un dôme de lave, auprès du cratère du volcan.
Pour l'instant le volcan ne présente aucun risque d'éruption, ou d'un futur séisme.

– Voilà un dragon qui en connaît assez sur les bouches de feux ! s'écria le Vacopod.

Bien, voici la réponse que tu recherchais :
ce volcan, comme tu le nommes,
est bel est bien endormi, depuis des lustres.
Il ne se réveillera que dans une dizaine de siècles.
Je te conseille donc de visiter l'île de Sikan,
en attendant.
Tu apprendras que cette terre n'est pas comme les
autres territoires, au delà de l'océan.
Des mystères règnent sur cette île.
Interroge donc les monstres qui y vivent.
Allie-toi avec eux, et qui sait,
peut être entendras-tu le secret de ces vies ?

*

Spirit s'envola vers l'île de Sikan, en oubliant
les règles de politesse.
Le Vocapod savait que Spirit devrait faire bien
des efforts pour avoir des amis.
Mais il ne pouvait pas savoir que durant toute
son enfance, Spirit avait vécu dans la solitude,
et qu' il ne connaissait donc pas la clé qui permettait
d'ouvrir la porte de la sympathie.

Spirit fonça à pleine vitesse vers l'horizon du soleil
couchant.
Il en oublia même qu'il ne savait pas comment
se rendre sur Sikan.

Il se mit a descendre, en piqué, pour atterrir dans
une des vallées que l'eau avait creusées,
il y a une centaine de milliers d'années.

*

Un Afamire, un monstre-fourmilier, cherchait
vainement sa nourriture favorite : les Femites,
des petite fourmis.

Spirit devait aider l'Afamire pour que celui-ci lui
indique le chemin à suivre.
Spirit s'attaqua donc aux nids construits par
les Femites, mais tous étaient secs et dépourvus
de moisissure.

Une grosse pierre attira son attention, car elle bloquait
le passage d'une grotte ayant plusieurs galeries
qui avaient une forme de labyrinthe.
Spirit déplaça le bloc avec difficulté et réussit
à pénétrer a l'intérieur de la grotte.

L'Afamire lui dit que les Femites aimaient les endroits
sombres et humides.
Il suivirent donc la direction du vent, qui les dirigea
vers une issue, où le souffle s'engouffrait dans un trou
qui était rempli de Femites.

Elles étaient regroupées dans des failles de la taille
d'une veine, et dans des fissures plus petites que
des nerfs.
Cela n'allait pas être une mince affaire de les attraper
pour Spirit.

C'est alors que l'Afamire s'approcha des ses futures
victimes, et cracha une flamme sur les rebords du trou.

Les Femites avaient un moyen d'autodéfense :
Elles formèrent un bouclier sur les contours de la paroi,
pour empêcher la chaleur de pourrir leur récolte
qu'elles avaient mis tant de temps à rassembler.

C'est ce que l'Afamire attendait.
Il tua de sang froid les Femites qui se défendaient.
Certaines s'étaient mises près de leur progéniture,
espérant éviter d'assister au massacre.
Mais ce ne fut pas le cas.
L'Afamire les mangea toutes, ne laissant derrière lui
qu'une traînée visqueuse, de couleur verte.

Comme Spirit l'avait aidé, l'Afamire lui dit où aller
pour trouver la personne qui le renseignerait.

*

Spirit se dépêcha vers le lieu indiqué, sans même
prendre le temps de dire au revoir ou merci avant
de partir.

Spirit planait maintenant, sur les accotements
des plateaux environnants, quand il heurta un rocher
étrange qui ressemblait étrangement à un monstre.
D'ailleurs, le résultat ne se fit pas attendre :
le rocher se transforma en Daumaco,
un monstre-statue.

Tout d'abord Spirit fut ébahi par le spectacle auquel il
venait d'assister. Le monstre lui expliqua que cette
forme lui évitait parfois bien des tracas.

Spirit, le dragon rouge, allait reprendre sa route.
Mais, le Daumaco expliqua, qu'avant de partir,
Spirit devait le dédommager des blessures causées
lors du choc.
Pour cela, Spirit devait lui dire les fameux mots
magiques.

Mais vu que Spirit ne les connaissait pas,
le Daumaco décida de lui donner une punition sévère,
qui s'avéra, plus tard, magnifique pour Spirit.

La sanction, que le monstre avait donnée,
était que Spirit devait combattre un Magon,
un monstre flamen, qui était présent.

Bien sûr, comme attendu, Spirit ne gagna pas,
mais il ne se fit pas mettre KO.

Le Magon, avec lequel il s'était battu, s'excusa auprès
de Spirit pour l'avoir blessé.
Les mots que le Magon avait prononcés chamboulèrent
l'esprit de Spirit, qui finit par le remercier,
ce qu'il n'avait jamais fait auparavant.

Un Chato, un monstre carapace, sortit de l'ombre.
Il venait d'assister à la scène.
Il avait vu, mais surtout entendu, les paroles que Spirit
avait prononcées avec sincérité.
Le Chato lui dit :
– Je vois que le Vocapod a bien fait de t'envoyer ici.
Mais sache que pour aller à Sikan, il te faudra trouver
un Camup.

*

Spirit chercha donc le Camup qui pouvait l'aider,
sur toute les collines environnantes.
Il le trouva enfin au bord d'une coulée de lave.
Le Camup lui indiqua Sikan.
Spirit partit à toute allure, mais sans en oublier
la politesse.
Spirit arriva sur la chaîne de montagnes.

Leurs sommets étaient enneigés d'une couche
de neige éternelle.
Certains fleuves de la vallée formaient une croûte
de glace qui gelait l'herbe et recouvrait les arbres
d'un duvet blanc.
La température était froide, le vent glacial soufflait
perpétuellement sur les flancs des montagnes.
La végétation était en grande partie formée d'Abies
sur tout le bas des côtes montagneuses.
Au sommet des montagnes ne poussaient que des
graminées.

Le sol, sur lequel s'était posé Spirit, semblait être
rempli de calcaire. Il y avait quelques touffes
de terre argileuse.
La lumière du soleil aveuglait la vue de Spirit,
qui n'y voyait plus rien.

Il prit quand même son envol et cette lacune visuelle
disparut aussitôt.
Ses yeux étaient comme recouverts d'un fil porteur.
Les émeraudes sur ses genoux étincelaient.

Ces joyaux, venus des confins des astres, attirèrent
l'attention des monstres.

Ceux-ci habitaient dans un petit village, rempli de tipis.
Les demeures étaient construites aux abords
de la rivière. Il n'y avait aucune maison en pierre,
car aucun humain n' était arrivé en ces lieux.
Spirit se posa sur ce qui semblait être la place de la
minuscule ville.
Les monstres furent stupéfaits quand le corps de Spirit
se transforma.

Spirit ne prêta aucune attention sur les regards qui se
posaient sur lui.
Ce qui l'intéressait, c'était la montagne qui dominait la
forêt. Au loin, une plage brillait de mille feux.

*

Il reprit son envol, en oublia le vide et tomba.
Une avalanche frappa ses ailes.
Il s'écrasa sur le sol humide de la vallée menant
vers la forêt.
Spirit se releva avec difficulté et essaya de s'envoler
à nouveau, mais ses ailes ne répondaient pas.
Il les regarda, et remarqua avec horreur
qu'elles étaient transpercées par des stalagmites.
L'une de ses ailes avait été embrochée par un gros bloc
de roche acéré qui l'écrasait.
Il le détruisit et fut malheureux de voir qu'une partie
de son aile avait été grandement trouée.
Il enleva les morceaux de stalagmites de ses ailes.

Ce n'étaient que de petites blessures, par rapport au
trou laissé par le bloc de roche.

Il ne pourrait plus voler pendant un long moment,
et serait obligé de se diriger vers la plage en traversant
la forêt à pied.

*

Il s'avançait vers elle quand il fut pris de vertige.
Ses jambes tremblotèrent, et il s'effondra sur une
pierre, en tombant de tout son poids sur elle.

La pierre se fracassa.

Un filet rouge sortit de la poitrine de Spirit,
puis devint une flaque, qui s'agrandit quand
un second filet, de même couleur mais de petite taille,
s'échappa de son crâne.
Tout un morceau de terrain venait de lui tomber sur
la tête.
Cela le compressait et augmentait le débit des filets
rougeâtres.

Spirit pensait qu'il allait mourir, enseveli sous une
tonne de terre.

Mais un monstre le secourut de ce pénible fardeau :
c'était un Piravi, un monstre-œuf et, à côté de lui,
se tenait un Levenad, qui était son évolution.

Ensemble, ils soignèrent Spirit comme ils le purent.
Spirit se sentit déjà mieux, car il ne restait plus que
la grosse blessure provoquée par le bloc de roche acéré,
et recouverte de bandages.

Il dit au Piravi, ainsi qu'au Levenad, qu'il n'avait en
aucun cas le temps de recouvrer entièrement la santé.
Il les supplia de le mener au moins, s'ils le pouvaient,
jusqu'à l'entrée de la forêt.

Ils y arrivèrent en traînant Spitit qui était parvenu
à marcher un bout de chemin.
Spirit avait trébuché et, encore à une certaine distance
de la forêt, il s'était arrêté, mort de fatigue.

*

Quand il se réveilla, il découvrit l'entrée de la forêt.

Ses compagnons étaient partis, sûrement à la recherche d'autres monstres en détresse.

Spirit se leva sans tomber.
Apparemment, il avait récupéré pendant son sommeil, mais sa blessure était toujours présente.

Il pénétra tout de même dans la forêt.

*

Spirit était entré dans la forêt depuis un bon moment maintenant, et ses bandages en avaient absorbé l'humidité.

Comme ils le gênaient, Spirit les enleva, sauf le gros pansement entourant son aile.

Il nettoya ses blessures à l'aide de la rosée déposée sur les feuilles des arbres, pour éviter toute infection des plaies qui commençaient déjà à avoir une teinte inquiétante.

*

Spirit marchait toujours, mais une grosse fièvre apparaissait au fur et à mesure du trajet.

Pour se consoler, il se nourrit de cailloux ferreux et de plantes ferriques qui se trouvaient sous la souche d'un arbre mort.
Il creusa un trou dans le sol et y descendit pour manger du charbon, puis il remonta à la surface et reprit sa route.

*

Spirit courut aussi vite qu'il le put.

Les rameaux des arbres le frappaient, le sol ne se
dérobait pas sous ses pieds : il ne réussissait pas à
s'envoler.

Il se retrouva dans le centre de la forêt.
Des Oeoes, sous leur forme évoluée, étaient en train
de se parler. La discussion concernait un ami qu'ils
avaient aidé et qui, à ce qu'on disait, s'était sacrifié
pour eux.

Spirit contourna cette assemblée, espérant ne pas être
jugé coupable, car les monstres de la forêt détestaient
qu'on se nourrisse de leurs plantes, sans les prévenir
préalablement.
Ils considéraient ce geste comme de la haute trahison
et bannissaient à jamais de la forêt les coupables.

Spirit continua vers son objectif.
Il cassa une branche, mais le bruit fut étouffé
par la pluie qui se déversait sur le feuillage des arbres.
Le sentier devint vite boue et marécage.

*

Spirit décida de faire une pause,
car dans ces conditions, il ne fallait pas se surestimer.
De toute façon, cela faisait plusieurs jours
qu'il n'avait pas dormi.

Il se coucha donc sous un arbuste qui ne laissait
passer que quelques gouttelettes.
C'était la seule planque à sa disposition
pour se protéger.

Il se réveilla en sursaut, après s'être éveillé plusieurs fois pendant son sommeil, à cause de l'eau qui ruisselait sur sa peau.

Il reprit sa marche, essoufflé par cette pénible nuit.

Il traversa tout un dédale de haies fleuries, suivi de sables mouvants qui engloutissaient l'eau comme une éponge, et qui avaient presque failli l'engloutir, lui aussi.
Il en était sorti indemne, en s'aidant d'une racine pour s'extirper du sable.

*

Spirit n'avait de pensée que pour la plage où il voulait aller, et cela lui donnait la force nécessaire de continuer.

Il avançait donc, droit devant, vers les collines qui, il y a très longtemps, étaient des reliefs immensément grands.

*

Spirit rejoignit un passage avec moins de végétaux que les autres, menant vers sa plage tant aimée.
La mousse et le lichen, qui poussaient sur l'herbe et les arbres, revêtaient parfaitement leurs formes propres.
La silhouette des champignons faisait penser à l'arme des humains, appelée « poebol ».
Spirit était presque arrivé à la fin de la forêt.
Il monta à la cime d'un arbre pour vérifier si personne ne le suivait dans les airs. (Il avait eu une étrange sensation, peu avant de pénétrer dans la forêt, comme si on l'espionnait avec une loupe.)

Il ne vit rien. Il n'entendait que le bruissement
des feuilles de la forêt.

*

Spirit arriva enfin sur la plage. Il s'étala sur le sable.
Il s'y frotta car il l'aimait, chaud et doux.

Il passa toute une matinée ainsi, à regarder le ciel
l'attendrir, tandis que le sable le réchauffait.

Les nuages cotonneux, avec leur forme géométrique,
se désagrégeaient.
Spirit, avec son imagination, y voyait comme
des monstres.
Des Alarios se fondaient parfaitement dans ce décor.

L'étoile jaune titanesque (le soleil)
éclairait l'eau avec envie.

L'astre rempli de taches creuses (la lune)
était en transparence dans le ciel.

Une mélopée envahit l'air, et elle relaxait tellement
Spirit qu'il s'endormit.
Un monstre le transporta le long de la baie
et le déposa en un lieu où des Kabys,
des monstres-crabes, et des Ecapines,
des monstres-écrevisses, squattaient.

*

Spirit se réveilla, endolori après avoir reçu de l'eau
bouillante. Un Colomar et un Kabos se trouvaient en
haut d'une colline sableuse et l'épiaient.

Quand Spirit les aperçut, le Colomar avança et prit la parole :

– Nous sommes en ces lieux pour appliquer une sentence. Ce monstre, ici présent, que nous avons arrêté, a défié notre coutume et a blessé nos traditions. Il est responsable de la mort de plusieurs des nôtres. Pour un tel acte, nous le condamnerons à la noyade, et non à l'ensevelissement car, précédemment un autre monstre a réussi à s'en échapper.

Mais avant toute condamnation, nous devons écouter sa défense.

Prisonnier, vous pouvez parler.

Qu'avez-vous à nous dire ?

– Mais, c'est quoi ce charabia ? répondit Spirit.

Je n'ai point tué de monstres. Je n'y comprends rien.

Serait-ce là un complot contre moi ?

En tout cas, je sais que je n'ai pas le choix. Je suis cuit !

Spirit ajouta le mot suivant, en le prononçant ainsi :

Cou… pable.

Tous regardèrent Spirit.

Étonnamment, il venait de se juger lui-même.

Le Colomar s'approcha de Spirit.

– Bien, je vois qu'il vient d'avouer !

Il fit signe au Kabos :

– Ligote-le. Qu'il ne puisse se débattre.

*

Le Kabos mit des cordes autour des bras, des poignets, des mains, des jambes, des genoux et des pieds de Spirit.

– Ce n'est pas la peine de lui mettre un bandeau sur les yeux et un foulard sur la bouche, ajouta le Colomar.
Il doit contempler sa mort et avaler la souffrance qu'il nous a faite.
Jetez ce bandit, non que dis-je, cet assassin à l'eau !

Le Kabos, aidé par ses compagnons, poussa Spirit, dans un siphon qui avalait lentement l'eau de la rivière.
Spirit, déjà immergé, ne voyait pourtant pas sa vie défiler devant ses yeux.

*

Soudain, une ombre s'approcha de lui et l'attrapa !

C'était Dakaï !

Une fois revenu à la surface, Spirit crut que ce monstre était son sauveur.
Il ne regarda pas la laideur qu'avait ce monstre :
le physique de Dakaï n'était pas agréable, mais il l'avait sauvé.
Il le remercia.

Dakaï s'approcha de Spirit et lui chuchota des mots qui le paralysèrent.

Spirit venait d'entendre sa condamnation pour l'autre monde et il s'effondra avec une atroce migraine.
Le froid l'envahissait déjà.

Dakaï lui avait murmuré :
– C'est moi qui ai persuadé ces monstres de t'envoyer dans l'eau. Je les ai manipulés à ma guise.

Je les ai convaincus que tu avais tué ceux que, moi,
j'avais massacrés.
Eh oui ! C'est moi qui les ai emmenés vers la mort,
mais c'est toi qui paieras ces crimes au prix de ta vie !

Je ne veux qu'une seul chose : que cette île devienne
mienne.

Maintenant que je t'ai tout raconté, meurs !

*

Au moment même où Spirit perdait connaissance,
une dernière image de sa plage adorée envahit son
esprit.

Il fut traversé par une onde de plénitude,
avant de mourir de froid.

Chapitre III

Black

Il y a fort longtemps, un Phénix faisait régner la terreur.

Les plaines étaient de feu et de lave,
les montagnes n'étaient plus que cendres,
une couleur rouge sang envahissait les océans,
les canyons étaient remplis de squelettes,
les villes n'étaient que débris.

Certaines terres étaient englouties dans du magma.
Toute vie était en fenaison.

Seul ce monstre était rempli de joie.

Il était fier de ce qu'il avait fait :
détruire 4 milliards d'années en 5 mois !
Mais sa bonne humeur ne dura pas une éternité.

Il n'avait plus rien à anéantir.

Alors, il s'attaqua à la planète naine qui tournait
autour de l'astre sur lequel il était, ainsi qu'aux étoiles
qu'il rencontrait sur sa route.

Il ne savait plus quoi faire.

Il décida de retourner vers la dimension du crépuscule,
d'où il était venu, en attendant qu'il trouve de nouvelles
traces de vies.

Le Phénix se mit à prononcer ces mots :
– Porte de la mort, gouffre du vide, déchire ce destin !
Fais souffrir cette planète, détruis le temps, avale
l'espace qui y règne !
« Voragine lacrimis passus deleta fatum inanis spatio
aperis ! »
Ouvre-toi, faille de mon esprit et envahis mes pensées
d'une obscure noirceur !

Une double porte géante et rougeâtre apparut,
d'une taille de deux wailors.
Les rebords de celle-ci étaient garnis de deux squelettes
de monstres, mais leur état était tel qu'on ne pouvait
pas les identifier.
Une épaisse toile d'araignée enveloppait la porte.
Celle-ci se déchira quand la double porte s'ouvrit.
Une grande fissure apparut et aspira le Phénix dans
l'autre dimension.

*

Une fois de l'autre côté, le Phénix se devait de
refermer cet accès :
– Montagne de tristesse, ressoude ce sanctuaire !
Que ma joie envahisse ce monde !
Restaure mon territoire, rejette le vide !
« Mons sancta gaudium orbis finibus spernit inanis ! »

La fissure disparut, la double porte se ferma,
l'épaisse toile recouvrit la porte et se désintégra.

*

Le Phénix se sentait empli d'un profond sentiment
de paix, mais cependant aussi, avec quelques graines
de tristesse :

– J'aime tellement ce jeu que je pourrais détruire
entièrement ces galaxies qui règnent dans cet autre
monde, mais si je faisais cela je ne pourrais plus
m'amuser.
Quel dommage que les éléments organiques
qui vivent dans cette dimension soient si faibles !

*

Des millénaire passèrent.

Enfin, un jour, le Phénix se décida à partir de cette
dimension.
Il arriva sur la planète sur laquelle il était déjà passé,
il y a des lustres.
Il remarqua que celle-ci abritait de nouvelles proies.

Il se mit à chasser sa première victime.
C'était un Tauro, mais celui-ci s'avéra redoutable.
Il lança une attaque qui blessa gravement le Phénix,
qui dit, tout étonné :
– Mais que m'arrive-t-il ?
Je ne peux même pas attraper cette proie.
Serait-ce la faute à mon âge ?
Cela fait si longtemps que je n'ai pas volé à une telle
vitesse.
Mon dos me fait atrocement mal, une douleur traverse
ma colonne vertébrale.
Le temps aurait-il réussit à m'attraper ?
Je ne peux plus reculer, je dois absolument manger
de la viande.

Un Ratato gambadait sur la prairie.
Black, notre Phénix, était trop fatigué pour l'attraper.

Alors il décida de lancer une grande flamme sur
ce dernier.

Une fois atterri sur cette terre, il manga sa victime
qui n'était plus qu'un tas de cendres.
Mais cela faisait tellement longtemps
qu'il n'avait pas mangé, que cela lui parut délicieux.

Une fois fini, il se dirigea vers l'île la plus proche.
Il se disait que les proies qui vivaient là-bas devaient
être plus faibles.

*

Il se posait sur la plage de l'île, quand il y vit un Kaby.
Celui-ci lui dit :
–Bienvenue sur Sikan !
Black lui répondit:
–Dis bonjour à mon estomac !

Le Kaby lança une attaque qui mit Black K.O.
Après cela, Kaby alla chercher ses confrères et
des Ecapines.
Ils ensevelirent Black, presque entièrement,
au bord de l'eau.

*

Quand Black se réveilla, il se demanda pourquoi
il avait perdu tant de puissance.

Il était incapable de soulever le sable qui était entassé
autour de son corps.

Il dut attendre que l'eau avale toute la couche sableuse
qu'il avait au-dessus de lui pour bouger.

Il ressentit un sentiment qu'il n'avait jamais éprouvé
auparavant : la peur, celle de mourir.
Il était devenu trop faible.
Il cherchait un lieu où se reposer.

Il pensa à une solution moins fatigante
que celle de se battre : il sèmerait le trouble,
et le doute entrerait dans le monstre
pour arriver à son but.

Il voulait partir à la recherche de partenaires
ou, comme il les appelait, « des sous-fifres ».
Il détestait être abaissé d'un rang,
et donc il avait réfléchi à cette idée.

Son proverbe préféré était :
« Fonce droit devant, aucun obstacle ne doit t'arrêter !
Ne te retourne pas, cela ne sert à rien !
Ce qui est derrière toi est mort et sans vie ! »

Il avait acquis ses connaissances d'un monstre
possédant plus de puissance que lui, dans l'ancien
temps.

Black passait maintenant au-dessus de collines
sablonneuses dans lesquelles il avait failli mourir
enseveli.

Il voulait être comme elles :
détruire la vie, la faire disparaître et l'effacer
complètement.

*

La plage était tellement grande que l'on pouvait
la croire sans fin.
L'eau, quant à elle, véhiculée par des vagues régulières,
se fracassait contre le sable.
Le sable dansait avec l'eau, avec souplesse.
Le vent avait un goût salé qui restait collé
au palais de Black.

*

Après avoir admiré cette vue il s'envola, à la recherche
de ses « sous-fifres », vers l'île volcanique, car,
là-bas régnaient de sombres monstres.

Black accosta sur les abords de l'île volcanique qui
semblait imprégnée par le sang qui y avait coulé jadis.

L'odeur de décomposition des cadavres
(des monstres qui avaient succombé dans ce territoire),
faisait pourrir les végétaux par putréfaction.

Black huma cet air, rempli d'un goût d'humus,
à pleins poumons.
Il l'avala comme s'il venait de boire un liquide
délicieux.

Il se lécha les babines avec tant de tendresse,
que l'on aurait pu croire qu'il éprouvait de l'amour
pour ce repas.

Il regarda d'un air joyeux les squelettes qui gisaient
dans une mare nauséabonde.

Mais pour Black, cette vue était
comme un coucher de soleil au bord de la mer.
En aucun cas, il ne fut dégoûté par l'aspect noir,
ni par l'odeur de moisi qui se dégageait de cette mare.

Il lécha tout, jusqu'à ce qu'il ne reste que les squelettes. Puis il mordilla les os, à un tel point qu'ils devinrent une fine poussière blanche.

Le plaisir, avec lequel il avait dégusté tout cela, le fit pleurer, et sa vue fut troublée par les larmes de joie qui glissaient, en gouttelettes, le long de ses yeux.

Toutefois cette nourriture était très mauvaise pour les organes de Black.

Mais lui, le Phénix, ne se souciait pas de ses effets secondaires.

Plus tard, Black devait regretter amèrement ce qui lui avait donné tant de joie.

*

Black repartit vers une autre direction pour trouver ses « sous-fifres ».

Il pénétra à l'intérieur des grottes, des crevasses, des failles, des tranchées de toute l'île.

Il ne trouva point d'aide, mais juste d'insignifiants monstres qui devaient être aussi forts que lui !

Black avait oublié sa terrible faiblesse qui, pourtant, le poursuivait où qu'il aille.

*

Il se dirigea ensuite vers le cratère du volcan. Il ne trouva que d'anciennes traces de combats.

Black se demandait où se cachait la source sombre du mal.

Son cerveau était en fermentation, ce qui l'empêchait
d'avoir des idées lucides.
Il se demandait s'il ne valait pas mieux retourner
dans sa dimension, plutôt que de rester sur une planète
où les monstres étaient trop puissants.

Il s'apprêtait à énoncer les mots magiques
qui lui auraient rouvert la porte menant à son monde
quand, soudainement, ses paroles furent happées
par la stupeur de ce qu'il venait de voir.

*

Devant lui se tenait un monstre :
c'était Dakaï, caché dans l'obscurité.

On pouvait deviner la couleur rubis de ses yeux,
mais il ne possédait apparemment pas de corps,
ni de cœur.

Ce n'était qu'un spectre, le fantôme de la mort.

Black l'avait aperçu, dans sa dimension, bien des fois,
car Dakaï était son maître dans l'autre monde.

Black ne s'attendait pas à le voir ici.
Dakaï, aurait-il, lui aussi, été affaibli par ce monde
et ses occupants ?
Le monstre répondit à a sa question,
comme s'il avait lu dans les pensées de Black.
Mais il n'avait juste deviné que la communication
non verbale.

En effet, Dakaï arrivait à traduire les faits et gestes
de ses ennemis, comme si c'était lui-même
qui en était le créateur.

Black apprit alors que la bête sanguinaire avait été, elle aussi, affaiblie par la rentrée dans ce monde.

Aucun autre monstre n'avait eu l'audace de s'attaquer à Dakaï qui était leur maître.

Black ne pouvait regarder plus longtemps les yeux de ce dernier.

Black se dit qu'il n'avait plus besoin de chercher des « sous-fifres », au cas où il y aurait, dans sa troupe, un nouveau chef, et que ce dernier lui prendrait sa place en le remplaçant.

À ce moment-là, lui, Black le Phénix, serait à nouveau l'esclave d'un nouveau patron, et c'était hors de question !

Le monstre Dakaï l'emmena dans la dimension du crépuscule.

Mais une fois de l'autre côté, Dakaï dévora la nuque de Black par surprise.

Dakaï attendit que le sang de Black rouille à ses pieds, avant de le manger entièrement.

Et après avoir accompli ces faits, Dakaï retourna vers l'île de Sikan.

Chapitre IV

Bous

Il n'était qu'un bébé, quand une association de malfaiteurs des labos LETOMG (Laboratoire d'Étude en Transformation d'Organes pour les Modifiés Génétiquement), l'avait capturé.

Pour y arriver, ils avaient tué, sans remords, les parents de ce petit.

Ils avaient enfermé Bous dans un tube rempli d'un liquide d'une texture bizarroïde. Cette mixture lui rongeait le corps et lui faisait atrocement mal.

Des seringues apparurent dans le tube et le piquèrent. Cela le mit dans un état de somnolence.

Le tube, dans lequel il était s'ouvrit, et un humain, qui tenait un objet, approcha cet engin de la tête de Bous.

Un courant électrique traversa le corps de Bous, en le « zombifiant ». Il s'effondra sur le sol.

*

L'humain le prit et le traîna jusqu'à une machine
qui avait une grande lame tranchante.

D'autres humains l'avait rejoint.
Ils commencèrent à attacher Bous, qui ressentit soudain
une énorme montée d'adrénaline monter en lui.

Bous savait que s'il restait encore immobile,
il allait être tué, puis disséqué en lamelles.

Il déploya ses ailes qui le détachèrent de sa cellule.

*

À ce moment-là, une voix au loin résonna :
– Mais qu'avez-vous fait ?
Pourquoi n'avez-vous pas respecté les doses
prescrites ?

Une seconde voix lui répondit :
– On a été en manque de stock d'électricité
et de calmants.

Bous en profita pour s'enfuir par le toit,
puis se dirigea vers les égouts, où il se cacha.

*

Des années passèrent.

Bous subissait des changements.
Il se demandait pourquoi.

Alors il questionna les amis qu'il s'était faits.

Ces derniers lui dirent que cela était dû aux déchets
rejetés par les humains.

Alors, Bous décida de partir immédiatement,
afin de ne pas être entièrement transformé en Gradove,
ce qu'il craignait par-dessus tout.

*

Il s'en alla, en questionnant l'univers tout entier :
– Pourquoi le destin a-t-il décidé de me punir ?
Qu'ai-je fait de mal pour mériter cela ?

J'ai toujours été généreux envers les autres,
je n'ai jamais attaqué un plus faible que moi !
Je dois prendre refuge, loin des humains...
Une île me conviendrait.

*

Il la chercha pendant des semaines,
et un jour il la découvrit :
c'était une île, très éloignée des humains.

Il se posa aussitôt sur la grande plaine aride de celle-ci.
– Y-aurait-il des monstres qui m'accepteraient,
tel que je suis ? demanda-t-il, sans réponse.

Il se mit à chercher un abri, car le soleil
commençait à se lever.

Ayant habité dans des endroits sombres,
il ne supportait plus la lumière.

Une source coulait au loin, il se mit à l'abri,
dans la petite vallée creusée par la source, et dit :

– Cet endroit me suffira, en attendant que la lune
se lève.
Mais où suis-je ? Comment se nomme cette île ?
Je voudrais tant mieux la connaître,
elle et ses habitants.
Je ressens une bonne présence et j'espère ne pas
m'être trompé.
Si tel était le cas, je devrais retourner vivre dans
les grottes, et continuer à laisser mon âme se
décomposer.

*

Un monstre le surprit soudain : c'était un Mimas,
un monstre-détritus.

Le Mimas lui expliqua que Bous était le bienvenu
sur Sikan, car ce n'était pas l'apparence
que les monstres prenaient en compte ici,
mais ce qu'il y avait à l'intérieur de tous.

À la levée de la nuit, tous deux partirent,
avec en tête une seule idée :
avoir plus d'amis et sauver les autres monstres.

*

Bous, après quelque temps, se sépara fâcheusement
du Mimas.

Ils n'avaient pas vraiment pu s'entendre tous les deux,
et après ils s'étaient perdus dans le labyrinthe
des montagnes.

Ils s'étaient disputés sur le sentier à prendre.
Finalement, l'un avait pris celui de droite
et l'autre celui de gauche.

*

Bous continua seul son chemin, en prenant toujours
les sentiers les plus à gauche,
car ils étaient tous différents des autres.

Bous marchait sur la plaine, étrangement calme.
Le jour s'était couché, la nuit avait marqué sa présence.

Bous quitta alors ce lieu et ne prit plus de sentiers.
Il traversa les hautes herbes des chantiers remplis
d'adventices. Il arriva aussitôt dans un coin où
rien ne poussait.

Seule, une pierre ressortait de la terre.

Bous, raide comme un piquet, regardait son propre
visage, qui se reflétait dans les yeux du monstre
qui venait d'apparaître par magie.

Il baissa la tête, quand il constata avec stupéfaction
toute l'horreur qui s'y lisait.

Le monstre, dont le corps était aussi sombre
que le fond d'une grotte, passait à maintes reprises,
juste au ras des oreilles de Bous.

L'ouïe de Bous entendait seulement la masse,
quand elle le le dépassait et revenait à la charge.

D'un coup, le monstre, connu sous le nom de Dakaï,
frappa Bous au dos, puis à l'abdomen,
lui fracassant les côtes flottantes.

Bous recracha du sang de ses poumons en toussant.
Son rythme cardiaque était irrégulier,
son pouls battait avec difficulté.

Le monstre qui l'avait agressé, le regardait souffrir
avec satisfaction.

Bous percevait aussi du mécontentement dans les
signes du monstre : ce dernier devait être en colère
de n'avoir que cette âme dont il devrait de ce contenter.

Bous essaya de s'éloigner de ce monstre,
mais ses jambes ne répondaient pas.

Aucune montée d'adrénaline en lui.

La froideur que dégageait ce monstre l'avait congelé
sur place.

Bous n'était plus du tout en forme.
Il se sentait faible et à la merci totale de ce monstre.

Plein de moments passés venaient à l'esprit de Bous.
Il vit même, pendant un instant, ses amies familières.

*

Le monstre était toujours là, immobile et impassible,
attendant de voir ce qui allait se passer.

Puis, ce monstre fit des mimiques qui se répétaient
tant de fois que cela donnait le tournis
Bous vomit des restes de nourriture.
Il avait mal à l'estomac qui le brûlait d'une chaleur
étouffante.

Bizarrement, cela le soulagea, car il n'avait plus mal au cœur.

Une idée traversa la cervelle du monstre qui prit
un caillou et le lança sur Bous,
dont la gorge se transperça de chaque coté,
en traversant entièrement les voies respiratoires et
sanguines.

Bous n'arrivait plus a respirer, et beaucoup de sang
coulait de sa trachée.

Le monstre admirait la bouillie avec mépris,
mais il ne pensait pas que Bous mettrait tant de temps
à se défaire de ce monde.
Cela n'en finissait pas !

Le monstre, le terrible Dakaï, partit furieux !

Mais Bous ne mourut pas aussitôt.
Comme c'était un « zombie », un être chimiquement
transgénique, il était programmé pour se régénérer.

*

Une aura l'enveloppa et se referma tout autour de lui.

Au moment même où la transformation de Bous
était presque finie, l'aura lança une onde d'énergie
électrique, qui devait permettre à Bous de s'en sortir.

Mais, hélas, l'onde n'avait pas été assez forte.
Bous resta coincé dans la boule à tout jamais,
prisonnière de celle-ci.

Chapitre V

Belle

Belle, comme son nom l'indiquait, était ravissante.

Son duvet brillait de mille feux.
Ses yeux bleus reflétaient à merveille la splendeur
de la mer, devant laquelle elle se trouvait.

Le vent soufflait sur sa moustache, constituée de poils
raides qui lui permettaient de se situer dans l'espace.

Cet organe sensoriel avait été arraché, sur la partie
droite de son museau, qu'elle avait perdu
lors d'un affrontement, face à un Sabirau,
qui voulait absolument lui faire des couvées.

Belle s'était débattue, et avait ainsi évité d'être forcée
de s'accoupler, car c'était bien l'intention du Sabirau
qui ne voulait pas être courtois avec elle.
Mais celui-ci avait réussit, malgré tout, à remporter
un trophée de chasse :
la moitié de la moustache de la demoiselle !

À la suite de cet arrachage d'une patrie de son organe
sensoriel, elle s'était difficilement adaptée.

Elle y prit tellement de temps, qu'à la fin, son sens de
l'odorat fut enfin amélioré.

Belle était maintenant en train de regarder sa seule
et dernière tanière sur ce continent :
ce magnifique terrier, qui autrefois l'avait tant protégée,
ce gîte qu'elle avait bâti,
et dont l'intérieur était tellement grand.

Oui, elle avait décidé de partir, loin d'ici, dans l'espoir
de trouver un lieu accueillant au-delà de ce ces vagues.

*

Elle avait fabriqué une embarcation, qui ne rivalisait
sûrement pas avec une chaloupe, ni avec un bateau,
et encore moins avec un voilier :
Belle n'avait construit, en effet, qu' un radeau
à l'aide de bois et de lianes solidement attachés !

Belle posa donc ce radeau sur l'étendue bleuâtre
de la mer, et monta dessus.

Belle s'éloigna du rivage,
avec une rame qui avait été taillée de ses griffes,
et qu'elle avait bien poncée puis polie.

Belle avançait si vite que les côtes des falaises
ne devinrent plus qu'un petit point au loin.

Elle se laissait guider par le vent qui la poussait.

*

Pendant son voyage, elle vit des monstres marins,
puis un atoll avec son lagon entouré de récifs.
Elle était sur un courant et voyait des Goélies,
ce qui ne signifiait qu'une chose :
Belle se rapprochait d'une terre.

Une île! Alors que cela ne faisait pas longtemps
qu'elle naviguait ! Le vent l'avait rudement aidée.
La nuit commençait à tomber.

*

Elle vit ce qu'elle crut être un rêve :
un désert s'offrait devant ses yeux !
Il se trouvait à côté d'un volcan, relié par un isthme
à l'île, qui devait être Sikan.
Belle l'avait entendu dire par de nombreux monstres
qu'elle avait rencontrés sur son chemin.

Belle y accosta et s'y reposa.

*

Belle marchait maintenant dans le désert,
vaste surface dénudée de vie.
L'aridité provoquait des érosions qui créaient
la corrosion des roches.

Belle alla jusqu'à la lisière du désert, mais elle ne
continua pas son chemin, car elle décida de franchir
des dunes.

Belle détestait les grains de sable qui se collaient
sur sa magnifique fourrure, si jolie.

Belle se roula donc sur elle-même,
à s'en couper le souffle,
puis creusa une tanière pour y construire un gîte.
Elle renforça les parois arrondies, en les solidifiant.
Elle confectionna du mobilier grâce à ses griffes.

L'art qu'elle produisait ressemblait tellement
à sa splendeur : le lit et le canapé étaient si doux.
La nouvelle maison de Belle, avec ce sol humide
et sa grande profondeur, ressemblait vraiment
à une caverne.

Belle avait laissé plusieurs sorties,
pour que le soleil éblouisse les salles aménagées.

Elle s'endormit après tant d'efforts,
sous sa couverture chaude, faite de cailloux chauffés
sur la braise brûlante du sable.

*

Au matin, Belle se leva et ressortit sur la terre.
Elle vit un monstre au loin, qui s'approchait
de son territoire.
Elle avait marqué toute la zone, avec des signes
informant que quiconque rentrerait dans cette zone
serait voué à être châtié, si cette personne était
de sexe masculin.

*

Le monstre, maintenant présent devant elle,
avait heureusement des formes féminines.

C'était une Libon, un monstre des sables,
qui avait les yeux rouges et était de la taille
d'une pomme.
Des antennes vert cactus dépassaient de sa tête,
ses ailes avaient la forme d'un losange.

La Libon surfait à la surface d'une tempête de sable
et volait en travers du tourbillon.

Quand elle vit Belle, elle arrêta ses figures acrobatiques
et s'immobilisa, en contemplant Belle, et lui dit :
– Je m'appelle Lionne, car pour moi c'est facile
de trouver une proie. Et toi, comment te nommes-tu ?
– Je m'appelle Belle...

*

Lionne jeta soudain un regard curieux
derrière Belle qui s'interrompit et se retourna,
en voyant l'air inquiet de sa visiteuse.

Belle crut avoir une hallucination :
elle voyait un monstre possédant huit yeux
(quatre fermés, les autres ouverts).
Sur son corps, deux loupes, accompagnées de bras
sans mains.
Le monstre n'avait pas de jambes :
à la place, il avait directement des pieds coniques.

*

Lionne se mit à fuir ce mirage,
mais Belle resta devant ce danger.

Le monstre emmagasinait l'énergie avec sa bouche,
pour former une boule bleue rayonnante qui,
au fur et à mesure de la quantité de substance absorbée,
devint jaune, puis rouge.

Belle eut juste le temps de s'enrouler en position
de défense, pour minimiser les dégâts de l'explosion
du rayon, qui avait failli la toucher.

Cependant Belle avait reçu les projections des débris
de l'onde de choc.

Une brume de poussière planait à la surface du lieu
et le monstre, qui avait raté son coup, se mit à tourner
rapidement sur lui-même.

*

Belle se précipita vers une tour, surgie de nulle part,
puis une fois à l'intérieur, se trouva devant un rocher
de sable qui montait vers le plafond.

Elle grimpa au second étage, par un trou creusé dans
le sol.
Le sable du plafond était fragile, mais Belle continuait
son ascension vers le toit.

Au troisième étage, les parois étaient plus consistantes
et, sur le sol, des cailloux de bois entouraient
une stalagmite sableuse.
Par les fenêtres creusées par le vent,
la tempête s'attaquait maintenant à la tour.

L'entrée ne serait sûrement plus utilisable pour ressortir.
Belle cherchait le moyen de parvenir a s'échapper.

*

Elle vit que la tour avait été construite avec de blocs
de sable compacté.

Les fondations avait été faites de gros bouts
de montagne, érodés par le temps.
Les briques se rétrécissaient de plus en plus,
en menant vers le toit.

En haut, il y avait une salle, dont les petites pierres
sèches croisées, en blindaient les contours.
Voilà où Belle allait.

La tour semblait résister aux attaques du vent,
et cette pièce serait sûre,
en attendant que le monstre parte.

Belle s'y endormit à la tombée du jour,
rêvant qu'elle était chez elle, en train d'améliorer
sa tanière.

*

Un cauchemar se glissa dans son sommeil,
la forçant à se réveiller.

Belle ouvrit les yeux :
dans un recoin, s'était allongée Lionne, la Libon.

Belle ne savait pas pourquoi elle avait soudain
la sensation qu'une lame venait de transpercer
son cœur, à la vue de ce monstre au repos.

Ses pupilles se dilatèrent. Elle se surprit à se coiffer.
Belle se lécha ensuite les lèvres,
elle était prête à embrasser Lionne, quand soudain,
elle se ressaisit, troublée par ses pensées confuses.

Belle se questionna sur le fait que Lionne était
du même sexe qu'elle, et que cette attirance serait donc
vouée à l'échec.
Elle pensait qu'il était presque impossible que Lionne
puisse ressentir le même sentiment.

Malgré cela, Belle resta assise à l'admirer,
jusqu'à ce que Lionne sursaute,
étonnée par sa présence, tout près d'elle.

Lionne demanda :

– Pourquoi me regardes-tu ainsi ?

Belle répondit par ces simple mots :

– T'es belle.

Le manque d'assurance que Belle dégageait après avoir osé dire cela, faisait peine à voir.

Belle se préparait à la gifle ou à l'engueulade.

Rien ne vint.

À sa grande surprise, Lionne dit :

– Moi aussi, je t'aime.

*

Elles se regardèrent ainsi, pendant de longues heures.

Lionne, en effet, espionnait Belle
depuis que celle-ci était entrée dans l'île.

Elle l'avait aperçue et avait eu le coup de foudre.

Elle l'avait suivie pour surgir, au moment propice,
afin de faire sa déclaration.

Dans le désert, Lionne avait enfin rencontré Belle,
face à face, prête à lui avouer ses sentiments.

Mais elle avait à peine commencé à parler,
et au moment ou elle allait tout dire à Lionne,
un méchant monstre avait surgi, l'avait poursuivie,
puis enlevée et confinée dans cette tour.

Maintenant qu'elles étaient ensemble,
Belle s'approcha de Lionne, qui ferma les yeux,
en attente d'une punition.

À la place, Belle déposa délicatement sa bouche
sur le dessous du nez de Lionne et y déposa un baiser.

Lionne ouvrit ses paupières, fit une bise sur les joues,
puis sur les lèvres de Belle.

*

Un bruit leur rappela qu'elles n'étaient pas seules.

Le méchant monstre avait réussi à éventrer le mur.
Il cracha un rayon vers Lionne.
Belle s'interposa et reçut le laser, en plein sur le ventre.

Le monstre prit Belle par le bras et la jeta sur le mur.
Belle y perdit connaissance,
tout en voyant le monstre s'éloigner.

*

Lionne s'approcha de Belle avec crainte.

Belle reprit ses esprits.
Elle regarda en premier si Lionne avait été blessée.
Heureusement, son amie n'avait rien.

Puis Belle mit son regard sur son propre ventre.
Du sang y avait coulé.
De la glace était déposée sur ce pansement.

Autour de sa tête, était enroulée une feuille,
mouillée par la sueur que Belle avait dégagée pendant
sa lutte pour sa survie.

Lionne, voyant que Belle avait repris connaissance
après ses blessures, l'embrassa tendrement.

Belle se laissa envahir de réconfort.
Elle était dans un sale état, cela soigna au moins
son moral.

Elles restèrent ainsi, jusqu'au lever du matin.

*

Belle réussit à se relever, et elle essaya de marcher.
Aucune réponse de ses jambes !
Elle se souvint que le méchant monstre l'avait projetée
sur le mur.

Elle semblait avoir un traumatisme crânien,
à la suite de ce choc, car son cerveau semblait
comme « débranché ».

Belle fit à peine un pas, mais son corps était tellement
fatigué, qu'elle s'accroupit sur les genoux.

Lionne embarqua Belle vers son lit, la déposa
avec délicatesse sur le sol, fit un bisou sur son front
et alla chercher de la nourriture.

Dedans la tour était silencieuse.

Lionne murmura :
– Méchant monstre ! Pourquoi as-tu attaqué Belle ?

Lionne savait que les Karines, qui habitaient dans
la tour, détestaient que l'on souille leur sanctuaire,
mais de là à se venger sur un monstre...

Cela ne voulait dire qu'une seule chose dans
ces collines désertiques :
en dessous de la tanière de Belle,
se trouvait un trésor mystique, renfermant une richesse
égale à l'étendue de tout le sable dans ce désert.

Lionne haïssait les monstres qui protégeaient
ces trésors créés par les humains,
et cela même au péril de leur vie,
qui pourtant valait sûrement mille fois plus,
que ces centaines d'objets.

Les richesses du trésor attiraient les yeux
par leur brillance, et envoûtaient certains monstres.

Lionne n'était pas concernée par les choses en rapport
avec l'Homme.

Sa seule préoccupation était Belle, et rien d'autre.

*

À présent, Lionne cuisait les aliments, sur les braises de
charbon d'un feu qu'elle avait préparé.

Des odeurs emplissaient la tour de leurs parfums.
Dans l'eau, mijotaient des racines, des bulbes
et des pétales de fleurs comestibles.

Lionne y ajouta des rameaux de thym, de romarin
et des feuilles de laurier, donnant à la soupe le goût
d'une sauce.
Elle trempa les fruits et les légumes dans le bouillon,
attendit jusqu'à ce que des bulles viennent faire
déborder un peu le contenu sur le sol.

Puis, Lionne donna le bol de terre cuite et sa soupe
à Belle, qui la but, ce qui dénoua sa gorge.
Belle se coucha, laissa Lionne se mettre à coté d'elle
et elles dormirent ensemble.

*

À l'aube quand Lionne se réveilla la première,
elle analysa, du regard, la situation :
Belle encore en souffrance, le feu éteint,
les braises sur lesquelles se trouvait auparavant
le bol de terre cuite.

Mais où était le bol ?

Lionne ne vit pas d'empreintes de monstre terrestre.
Seul, un monstre volant, avait pu prendre le bol
sans laisser de trace.
Ce n'était pas grave d'avoir perdu cet abreuvoir,
fait de terre argileuse.

Mais Lionne devait se méfier de ce monstre.

Les monstres volants ne volaient la nourriture
qu'en cas d'extrême nécessité,
lorsque cela faisait un bon moment
qu'ils ne s'étaient pas rassasiés.

Lionne alla alors à la brèche faite par le Karine,
passa la tête pour voir au loin, et vit effectivement
le Karine au sommet des collines environnantes.

*

Belle se réveilla, ne détachant pas la Lionne du regard.

Celle-ci, se tourna vers elle, comme si elle avait senti
le réveil de son amie.

Le lien qui s'était formé entre elles laissait penser
à un câble invisible.
Quand l'une parlait, commençant la moitié d'une
phrase, l'autre la complétait, en finissant exactement
avec la même pensée.

Elles se comprenaient,
comme si un lien de télépathie les reliait.

Par exemple, même quand Lionne ne disait rien,
Belle lui parlait comme si elle répondait
à une question.

Chacune traduisait les gestes de l'autre,
et était capable de les traduire en langage.

Lionne découvrit le passé de Belle,
et lui dit à quel point elle était impressionnée
par sa beauté.

Belle la remercia et lui dit à son tour
qu'elle aussi était trop craquante quand elle dormait.

*

Mais le moment du combat contre le monstre volant
approchait.

Pour se préparer à l'affrontement,
Belle et Lionne combattirent l'une contre l'autre,
pour s'entraîner vraiment.

*

À un moment, Belle mit Lionne par terre.

Lionne était sous Belle qui lui caressa la nuque
et embrassa son cou.

Lionne en eut un frisson agréable,
qui la picotait en son for intérieur.

Cette zone sensible et érogène, libéra une hormone déclenchée par ce toucher, ce qui lui plut énormément.

Belle et Lionne se baisèrent leurs langues,
elles se firent des bisous un peu partout,
sur le haut de leur corps, et s'arrêtèrent,
entendant qu'on s'approchait d'elles.

*

Le Karine, le monstre volant qui les avait attaquées, arrivait à nouveau.

Il s'était remis à battre la tour, pour rouvrir l'ouverture que Lionne avait condamnée avec des rochers empilés.

Le Karine attaqua Belle avec un laser,
Lionne le dévia avec un caillou,
qui se dissipa en poussières.

Le Karine s'apprêta à frapper Belle,
Lionne arriva juste à temps pour prendre le poing
à sa place.
Belle fut envahie d'une énorme colère, en voyant le sang couler du corps de Lionne.

*

Quelques instants suffirent à Belle pour secourir son aimée.

À la première seconde, elle riposta avec une roulade puissante sur le Karine.
À la trentième, elle taillada de ses griffes la peau du Karine.
Puis, au bout d' une quarantaine de secondes passées, le Karine disparut.

Deux minutes s'étaient à peine écoulées.
Belle étouffa enfin le saignement de Lionne
qui était pâle.

Belle dut, à plusieurs reprises, secouer Lionne,
afin qu'elle ne quitte pas ce monde.

Le cœur de Lionne s'arrêta cinq fois.
Belle put la ranimer, grâce à des contractions
entre les poumons, et des appels respiratoires.

Belle mit ensuite son amie en position latérale
de sécurité, sur son lit confortable,
quand les battements de cœur furent enfin normaux.

Puis, Belle continua de surveiller Lionne.

*

Soudain la tour commença à s'effondrer.
Alors Belle sortit Lionne, par les pieds en urgence,
alors que la tour tombait en morceaux.

Les débris de la tour se déplaçaient sur le sable
mouvant, car les salles du sous-sol attiraient
tout ce qu'il y avait à la surface.

Belle, couchée sur une planche en bois,
dérivait sur ce tourbillon, comme une feuille posée
sur une pellicule d'eau.

Lionne, de son côté, assommée par un morceau
de la tour, s'enfonçait plus vite, vers le centre
du tourbillon.
Un trou noir allait l'avaler, quand Belle, réveillée
par les bruits, prit conscience de la situation.

Belle essaya de remonter Lionne, mais ne réussit pas,
car trop de sable l'empêchait d'atteindre la sortie.

Elle avait appris, en construisant des tanières,
qu'une issue de secours pouvait se créer, en détruisant
le mur le plus bas, loin de l'entrée de la tanière.
Ensuite, il fallait courir très vite devant soi,
pour ne pas être ensevelie sous des tonnes de sable.

Belle alla plus au fond du sablier,
même si elle savait qu'elle s'éloignait de l'air.

Belle n'avait pas assez de temps pour creuser un tunnel,
sans grand risque d'être noyée.
Alors elle enleva le mur de ces fondations,
et courut aussi vite qu'elle le put.

Le tapis roulant des roches se dérobait,
faisant un vacarme assourdissant.
Les autres murs, derrière Belle, la poussaient
tandis que, ceux devant elle, la soulevaient
vers le sommet de la colline.

*

Belle fut enfin éjectée dans la dune,
par le souffle de l'air expulsé des sous-sols détruits,
avec du sable qui la fit glisser jusqu'aux plaines.
Là, où elle avait ressenti cette néfaste et étrange
impression du mal.

Belle voulait rejoindre le désert,
mais le soulèvement du sable provoqué par la chute
de la tour, l'empêchait d'aller plus loin.

*

Elle longea le sable et finit par trouver son amoureuse,
Lionne, sous trois quarts de sable.
Belle la sortit de là, écouta son pouls : rien d'anormal.

Lionne finit par ouvrir ses paupières et appela Belle,
qui lui répondit.

Lionne lui dit qu'elle ne voyait plus,
depuis qu'elle avait prit un morceau de la tour,
sur la tête.
Belle savait réellement que ce n'était pas la seule cause
de cette cécité.

L'aveuglement était aussi arrivé
du fait d'un manque d'irrigation des globules rouges,
accompagné d'un manque d'oxygène du cerveau.

Lionne avait perdu trop de sang, ce qui avait
endommagé sa vision, devenue complètement noire
par la chute du sable.

Belle nettoya les yeux de Lionne, avec de l'eau trouvée
dans la plaine, désinfecta la plaie avec le sel
des minéraux du désert, et l'entoura de mousse.

Belle embrassa Lionne, avec tout l'amour
qu'elle avait pour la réconforter.

Lionne, tellement mieux, devinait peu à peu le décor,
avec des silhouettes floues, en noir et blanc.

Belle prit cela pour un bon signe de rétablissement
probable de la vue.

*

Les deux amies entendirent des hurlement d'un
monstre pleurant un deuil.

Belle et Lionne allèrent vers ce cri, et virent un Gatina
et un Cebi, au-dessus d'un cadavre de Rocanage.

Le Cebi, qui tenait un caillou en forme de cœur pour consoler le Gatina, écoutait une mélodie.

C'était celle de la cérémonie du deuil,
criée par le Gatina qui devait emporter le Rocanage,
dans l'autre monde.
Ces quatre monstres étaient sur les ruines humaines
d'un temple.

Lionne et Belle partirent,
car ceci ne les regardait en aucun point.

Néanmoins, elles ne purent échapper à leur tristesse,
et fondirent en larmes, se soutenant pour ne pas
aggraver leur cas.
Elles marchèrent sans se retourner.

*

Le Gatina enveloppa le Rocanage
et ils disparurent dans une faille dimensionnelle
qui s'effaça, comme si rien ne s'était passé.

Belle et Lionne ignorèrent ce qui venait d'être
accompli.
Elles finirent par trouver un passage permettant d'aller
à nouveau dans le désert, et elles le franchirent.

Belle et Lionne, dans le désert en amoureuses,
formaient un couple qui défiait la mort.
Elles se comprenaient mutuellement,
ressentaient chacune ce qu'éprouvait l'autre.
Tout ce qui formait l'univers n'était rien comparé
à l'alliance qui unissait ces âmes sœurs.

Leurs esprits étaient fondés sur la quête périlleuse
de la protection de leur conjointe, au péril de leur
propre vie.

Belle était follement attirée par Lionne
qui, de son côté, ressentait la même chose.

*

Belle s'approcha de Lionne, avança la tête
et déposa un brûlant baiser.
Lionne et Belle oublièrent où elles étaient,
et à quelle époque.

Le lieu, la date, leur importaient peu.
Ce qui comptait, c'était de s'embrasser,
à en perdre le souffle,
et elles manquèrent d'étouffer sous leurs étreintes.

Belle et Lionne se serraient sur leurs poumons,
l'une contre l'autre, dans une embrassade torride,
yeux fixes mi-clos.
Belle était ailleurs, Lionne aussi.
Ensemble, sans peur...

– Ça suffit !

Ces mots venaient d'être hurlés par un monstre sorti
d'une ombre.

C'était Dakaï, énervé, coléreux d'assister à ces ébats.

Il leur cria :
– Vous faites honte à la mort, en agissant ainsi,
toutes les deux !
À présent, vous devez payer pour votre ignorance !

Belle servit de bouclier à Lionne,
qui n'eut pas assez de réflexes pour l'en empêcher.

Belle s'effondra.

Lionne fut envahie d'une puissance prodigieuse en elle.

Dakaï voulait se servir de cette force, pour se nourrir.

Mais le flux d'énergie, qui traversait Lionne, était trop important : Dakaï dut renoncer.

Il attaqua alors Lionne qui tomba à terre, mais réussit à se relever, debout sur ses jambes.

Dakaï la renversa.
Elle utilisa ses pieds, et il fut projeté sur le sable.

Lionne tapa Dakaï comme elle le put,
mais il riposta et l'envoya en l'air.

Lionne frappa de toute ses forces Dakaï qui s'éboula au sol.

Dakaï péta un plomb, fonça enragé vers Lionne
et transperça son cœur.

Lionne, en état de zombie momifié,
essaya de toucher sa cible.

Dakaï évita l'attaque
et perça la boite crânienne de Lionne,
à présent à la frontière de la mort.

Lionne se concentra, dans un ultime effort,
avec l'aide de l'esprit de Belle,
qui pénétrait en elle, par la magie de l'amour.

Les deux âmes, mêlées l'une à l'autre,
imbriquées, indestructibles, invincibles,
firent disparaître Dakaï, dans la brèche d'une faille
dimensionnelle, créée par leurs pouvoirs.

Pendant ce bref instant, Belle et Lionne avaient ruiné
l'influence des plans machiavéliques de Dakaï.

Quand ce monstre réussit à revenir,
il avait perdu ses proies !

L'esprit des amoureuses n'était plus dans
leurs enveloppes charnelles.

Ensemble, leurs âmes filaient vers le ciel étoilé.

Elles se transformèrent en une unique étoile,
à tout jamais, sous la voûte des cieux,
rendue étincelante par leur amour.

*

Cette étoile, au reflet bleuté, brillera pour toujours.
Elle scintillera aussi fort que la lumière du soleil.
Elle laissera un long sillon, un éclat vermeil.
Le ciel nocturne, lui aussi, brillera de cet amour.
Elle deviendra, un petit signe unique d'espérance,
parmi les planètes qui perdent toute leur importance.

*

Oh, Soleil ! Astre du jour !
Oh, Lune ! Astre de la nuit !
Que cette étoile guide pour toujours,
toute les âmes perdues, vers l'infini.

Chapitre VI

Play

Play, le dragon des neiges,
était devant la tour « Dragospirit. »
Il regardait les huit piliers,
comme si ceux-ci soutenaient tout l'univers.

Il entra à l'intérieur de la tour,
où des damiers de carrelages représentaient le drapeau
de ses anciens occupants.
Il monta aux escaliers.

La salle, dans laquelle il était à présent,
était entourée d'énormes colonnes.
Elles prenaient tellement de place,
que l'on ne pouvait pas savoir combien il y en avait.
On pouvait toutefois en distinguer six,
plus grandes que les autres.
Il arriva au second étage, après avoir monté
un grand escalier de pierre en colimaçon.
Il fallait connaître les passages secrets, pour ne pas
tomber dans les pièges menant dans le vide.
Le troisième étage était composé de quatre paliers,
séparés par des marches montantes,
et le dernier palier avait un escalier qui descendait vers
un petit terrain, qui ne représentait rien d'important.

Au quatrième, l'attendait un labyrinthe en spirale :
il le franchit.
Une fois sorti des marches, il découvrit les énormes et
gigantesques colonnes de soutènement de la tour et de
ses étages.
Le dernier étage avait six piliers noirs.
Il sortit par une faille, qui s'était logée dans le mur.

*

Dehors, la tour se divisait en quatre parties.
La première était la plus grosse, arrondie en cercle.
La deuxième, de taille moyenne,
formait elle aussi un cercle.
La troisième partie, la plus petite,
ne faisait qu'un quart de cercle,
tandis que la quatrième, à elle seule,
représentait une mini tourelle accompagnée
de deux piliers à sa droite.
Les étages supérieurs étaient visibles,
on les distinguait par une ligne de briques,
grandes et petites alternées.

*

La pluie commençait à tomber, en trombe,
comme tous les matins et, un jour,
elle finirait par remplir le fossé entièrement.

Play se préparait à aller dans la forêt voisine,
quand, soudain, un vaisseau spatial apparut.
Il était composé de deux turbines de chaque côté,
reliées par une salle, entre elles.
Le poste de commande avait des fenêtres et des
antennes satellites.

En-dessous, des ventilations étaient attachées au
conteneur.
Derrière le vaisseau, les réacteurs s'arrêtèrent,
juste au dessus de Play.

Deux humains sortirent des portes du hangar,
immobilisèrent Play, avec un rayon laser
et le mirent dans une cloche transparente.

On ne sait pas par quel miracle, un éclair foudroya
les turbines du vaisseau, mais le climat avait changé
d'un coup et avait obligé les pilotes de poser,
en catastrophe, leur vaisseau sur l'océan.

*

La cloche, où était enfermée Play, vogua dans l'océan.

Un monstre volant la prit, ayant été attiré
par l'éclat du soleil qui s'y reflétait,
puis la jeta dans le lac d'une île, car il était subjugué
par une autre source de lumière plus brillante : la lune.

La cloche ne se fracassa pas après la chute.
Toutefois un Bapau, un monstre-poisson appuya
sur un bouton de la celle-ci, sans le faire exprès.
Il croyait que c'était de la nourriture,
mais il libéra Play de sa prison.

Hors de l'eau, Play apprit en rencontrant
un autre monstre, qu'il avait atterri sur l'île de Sikan.

*

Play était arrivé sur le long de la rive du lac,
regardant la peau transparente de la terre.

Un Lolass, un monstre de glace, arriva auprès de Play.
– Raconte moi, ton passé, dit le Lolass.
Je te raconterai alors le passé de Sikan,
l'île où tu es arrivé.

Bien sûr, Play ne refusa pas cette offre.
Il aimait l'Histoire.
Cela lui permettait d'apprendre et, plus tard,
de tout décrire dans les moindres détails.

*

Play commença donc son récit :

– Je suis né dans une tour,
nommée par les humains « Dragospirit. »
Elle ressemble à un mini-château.
Bien des légendes racontent qu'à l'intérieur,
dort un dragon d'un noir intense qui,
selon le mythe d'une prophétie,
représenterait l'idéal, le Yin.
Ce dragon, une fois réveillé,
serait voué à en affronter un autre,
d'une blancheur éclatante qui,
lui, représenterait la vérité, le Yang.

Ce n'est qu'une légende
et il y a déjà longtemps que je suis parti.
Je me suis promené dans d'autres endroits,
pendant un long voyage.

Je suis d'abord arrivé dans une ville,
ayant en son centre une fontaine d'eau,
entourée de six bosquets de fleurs rouges.

À droite, une maison entourée de barrières,
qui avait sur le devant, un bassin d'eau sale
infesté de Tamorv.

Ils étaient apparus à la suite des déchets
que les Hommes jetaient dans l'eau,
quand ceux-ci quittaient un centre commercial,
tout près.

*

Ensuite, une fois sorti de cette ville,
je dus traverser un chemin,
où une frontière douanière menait à une maison
en bord de mer, et où des monstres volaient dans le ciel.

Je partis très vite de cet endroit,
et je pénétrai dans une allée descendante,
qui était séparée en deux par un terre-plein
d'herbe et de terre.
Tout en bas, il y avait une pension pour monstres.

*

Une fois encore, je courus pour atteindre
une ville forestière.
Des cabanes aux toits feuillus et aux contours
de poutres de bois, étaient attachées entre elles
par des ponts faits de bois et de lianes.
Cette ville se trouvait dans une forêt dense,
au climat pluvieux.

Il y allait avoir un combat, dans une arène,
car un champion était sorti avec les monstres,
représentant sa catégorie.

J'allai donc vers une côte, elle aussi séparée en deux
par un sentier :
la partie haute était à l'abri des sauvageons,
mais la partie basse avait une végétation piétinée
par les pas de ceux qui l'avait traversée.

Je continuai mon ascension et je vis deux grottes :
l'une dans un cratère rempli d'eau,
l'autre sur un versant entouré de six rochers.

*

À nouveau, je quittai cette zone
et j'arrivai sur des chemins en bois flottants,
où des pêcheurs maltraitaient des monstres,
puis je traversai un labyrinthe de clôtures,
envahi de dresseurs.
Je décidai de monter plusieurs talus de feuilles,
au bord d'une cascade menant à une maison.

Derrière celle-ci, apparaissait une mer
qui avait quatre récifs coralliens :
l'un à gauche et trois à droite.

Je me dirigeai donc vers la mer, pour embarquer.
Je voguai à présent vers une cité calcaire,
enfouie dans un volcan endormi,
dont la source était protégée par huit bornes péages,
et un filet contre les chutes de pierres.

*

Sorti de la mer, je vis des flaques d'eau
ainsi qu'un jardin, avec une pension pour les monstres,
ou plutôt la deuxième prison des monstres.
Je traversai encore un labyrinthe de buissons.

Au bout, se trouvait une maison, avec une forêt privée,
des massifs fleuris et deux abreuvoirs.
Il y avait aussi un rocher,
sculpté à partir de sept pierres accolées l'une à l'autre,
recouvertes de vivaces et, devant,
il y avait une vingtaine de plantes
et une dizaine de roches, toutes différentes.
Une grotte contournait l'eau et était à l'abri,
celle ci était close par des portes en fer.
Je continuai ma route, en quête de l'endroit idéal
pour m'arrêter.

*

Un autre jour, j'arrivai dans une réserve de monstres,
plus connue sous le nom de « parc à monstres »
et surnommée « safari ».
Il y avait cinq cages pour monstres terrestres
et deux pour monstres marins !

Je parcourus une ville commerciale avec une arène,
un magasin, un musée, une maison de touristes chinois
et une ancienne cachette creusée dans la roche.

Il y avait aussi un cimetière avec une grande voûte,
une centrale électrique vitrée,
entre l'eau et la terre,
formée de quatre cheminées,
ainsi que de câbles métalliques.

Je traversai cette ville à la pointe de la technologie,
avec un immeuble de dix étages, une école et une
maison montée sur une plate-forme de cinq niveaux.

Trois HLM entouraient un théâtre de la taille
d'un terrain de sport et il y avait une télé géante,
ainsi que sept récepteurs d'ondes radio.

Arrivait ensuite la zone portuaire,
avec plein de marchés.
On pouvait voir ici neuf bateaux et deux sous-marins,
ainsi que des huttes de paille flottant sur l'eau,
mais attachées au quai, par des rondins de bois.

Je pris une route menant à la Ligue,
remplie d'une centaine d'effigies
représentant le célèbre Mewo.

*

Comme j'étais arrivé près du port d'embarquement,
je pris un bateau.
J'en descendis pour atteindre le versant
d'une montagne de fer.

Je traversai une seconde ville, composée de cinq tours
qui dominaient trois cascades, une usine de charbon,
une maison seule sur une plage et des éoliennes.

Une autre ville portuaire la jouxtait,
avec un climat comme aux tropiques,
et environ onze bateaux
ainsi qu'une vingtaines de caisses.

Puis ce fut une ville fleurie,
avec un étang de météorites, un puits ancien,
une tourelle pour les morts,
une villa et un domaine privé.

En haut, il y avait une ville montagnarde
où se trouvait un autel,
recelant les mystères d'un monstre légendaire.
Une piste cyclable aérienne, avec vues,
s'y frayait un chemin, et il y avait trois ponts
qui reliaient des maisons perchées.

*

Enfin, je suis revenu ici, sur le lieu de ma naissance,
là où j'avais été enlevé par les Hommes.

Je suis désolé d'avoir abrégé si vite la fin
de mon voyage, mais j'étais trop pressé
d'entendre le passé de cette île, appelée « Sikan » !

*

Le Lolas lui raconta :
– Autrefois, Sikan était encore attachée
à un autre continent, et les monstres venaient
pour y faire leurs progénitures.
De riches humains voulurent s'installer,
mais furent apeurés par les monstres en colère.
Ils eurent quand même le temps de polluer les lieux,
et cela entraîna une catastrophe climatique.
C'est ainsi que Sikan fut détachée de son continent,
tuant beaucoup de monde.
Les monstres s'habituèrent grâce à leur esprit
de coopération.
Sikan, si loin des Hommes,
attira encore plus de monstres
et devint un triangle maudit pour les humains.

*

C'est sur ces mots que le Lolas finit son histoire,
et Play partit du lac, déçu par le monstre
qui ne l'avait pas grandement informé.
Play aurait voulu apprendre comment ce paysage,
rassemblant tant de types différents, pouvait exister.

*

Play arriva dans les reliefs de la chaîne de montagnes.
L'altitude lui plaisait.
Le mont avait été créé par des mouvements de
plaques tectoniques.
La partie creusée dans la vallée glaciaire, formait
comme un verrou, élargissant et creusant celle-ci.

Des dépôts de cailloux provenant
d'un ancien cours d'eau,
se transformaient en alluvions
qui formaient leurs crêtes.

Les contreforts érodés devenaient des cirques,
dont les arêtes se rétrécissaient et s'allongeaient.

À présent, Play descendait le bord d'une cascade,
dont l'eau s'écoulait dans le vide,
se fracassant sur les rochers environnants,
en remplissant le fleuve menant au lac.

*

Play travailla la terre pour y faire un trou,
pour avoir un abri du froid.
Il couvrit le trou de branchages et de feuilles,
enlaçant des rameaux.
Il le protégea, à l'aide de gros cailloux.

100

Il dessina sur le sol un cercle de transmutation,
qu'il avait appris, en regardant un alchimiste
écrire ce symbole.

Play vérifia scrupuleusement
les traits des caractères et les formes géométriques
pour voir s'ils correspondaient, puis les effaça.

Il superposa un autre signe plus grand que le précédent,
et remplit le tout de phrases magiques.

Play dessina, par-dessus,
des rouages élémentaires
qui s'enclenchèrent et tournèrent en blanchissant :
ils donnèrent un nouveau cercle.

Il n'y transmuta rien, il n'aimait pas défier les lois
de la nature.

Play avait fait ce cercle pour le contempler,
le dévorer des yeux, l'introduire dans sa mémoire.

Il immobilisa l'image dans son esprit,
jusqu'au tréfonds de son âme.
Puis Play souffla sur les lettres, chiffres et symboles,
et ce qui aurait pu souiller la terre ne fut plus.

*

Il partit, marcha et vit l'ombre d'un monstre
dans une grotte.
Play pénétra à l'entrée de la grotte.
La lumière éclairait le sol rocailleux humide,
lissé par l'eau qui, autrefois, avait passé
et repassé maintes fois, à cet endroit.

Une petite pente glissante était difficile d'accès,
mais le tunnel arrondi s'agrandissait près
d'une grande flaque.
Un rayon lumineux touchait l'eau, la rendant dorée.

Play avança encore.
Les contours de la grotte devinrent orange.

La flaque s'était évaporée, en une petite brume
qui disparut au-dehors de la grotte, laissant un ruisselet.

Play suivit sa trace et découvrit une cascade
qui s'écoulait du point lumineux,
d'une blancheur égale aux étoiles.

Des arbres poussaient là, et la végétation,
aux alentours, était touffue.

L'eau de la cascade était gelée, d'un vert translucide.
Au bas de son ruissellement,
des galets étaient gris clair.

*

Play marcha sans le faire exprès sur l'un d'eux :
c'était un Kokaya.
Play plongea dans l'étendue glaciale,
afin d'éviter un conflit.

Il remarqua un Amonita, caché au fond de l'eau,
avec sa coquille cabossée de cornes,
mais dont les dents acérées et les tentacules
inquiétantes menaçaient de le broyer !

L'Amonita se faufila vers Play,
qui le repoussa et nagea aussi vite qu'il le put.

L'Amonita ne réussit pas à rattraper Play,
et fit demi-tour.
Play aperçut le monstre dans l'ombre,
mais c'était Play qui, désormais, cherchait à l'atteindre.
Il vit soudain ce dernier qui partait
vers un branchement de deux passages.

Play crut que l'Amonita avait pris celui de gauche,
il le suivit donc.
Il enjamba les obstacles,
sans faire réellement attention à leur entourage :
il tomba dans un trou noir, sombre,
sans aucune visibilité.

Play essaya de retrouver le trou, mais il se perdit
et décida de prendre les chemins de droite,
espérant ne pas trop s'égarer à nouveau.

Toujours à droite, avec la main posée
sur les voûtes de roches.
Dans la grotte, des arches étaient apparues avec le
temps.

Play se retrouva dans un recoin,
fermé en cuve par un éboulement.
Il prit alors le branchement précédent,
mais cette fois à gauche.

*

Parmi toutes les galeries qu'il avait traversées,
celle-là était la plus jolie.
Des minerais jaunes éblouissaient la vue,
des pierres rouges et bleues
apportaient une touche d'arc-en-ciel.

L'ambre de la teinte mielleuse embellissait les couleurs,
de son reflet chatoyant.
Des rubis, des saphirs et de l'or décoraient un tunnel,
aux parois de diamants.

*

Play voyait l'ombre du monstre derrière ces parois,
mais comment l'atteindre ?
Play y réfléchit, et la solution vint.
Le seul outil qui pouvait tailler le diamant
était bien évidemment un autre diamant !

Il trouva un silex en diamant, et cisailla une ouverture
dans la paroi.
Il courut vers le monstre qui,
à son tour traversa le mur et disparut dans celui-ci.

Play, dans la foulée, cogna le mur qui se brisa.

*

Une minuscule veine apparut et, dans un interstice,
on apercevait une salle ancienne,
dont l'intérieur était décoré de statues de Mewo,
un monstre légendaire,
tout comme l'étaient les salles de la Ligue.
Un autel, semblable à ceux qu'il avait vus aussi
à la Ligue, était au centre de la place.

Une fresque sur le mur représentait un Fenad
un monstre kitsune, dans un cimetière :
Play était devant une tombe,
à l'abri d'un arbre à la fluorescence jaunie.

Il cassa le mur pour découvrir cet endroit étrange,
mais il vit un monstre de l'ombre qui l'attendait
au seuil de l'autel.
Play passa à coté de la fresque.
Une tache blanche entourait le Fenad.
Quand il avait vu la fresque la première fois,
cette tache n'y était pas!
La fresque venait de s'allumer :
le monstre de l'ombre devait, sans doute,
être le fantôme de ce Fénad.
Ce fantôme voulait attirer Play ici,
afin que ce dernier l'aide.

*

Play s'approcha du spectre du Fenad,
qui ne s'enfuit pas, puis il actionna un levier
que le fantôme lui montrait,
et la fresque se mit à se mouvoir,
décrivant des scènes de vie.
Play découvrit l'histoire du Fenad,
qui avait été l'ami d'un humain devenu son maître.

Play savait ce que l'âme du fantôme voulait
pour être en paix: se reposer avec son maître,
dans un cimetière où ils seraient enterrés ensemble.

*

Les restes du Fenad étaient dans l'autel.

C'était dégoûtant, mais Play les prit et trouva la sortie,
par magie, comme s'il était guidé.
Il se dirigea sans peine vers les côtes de l'île,
toutes proches.

Il déposa avec soin,
sur un bateau qu'il avait fabriqué,
les restes du Fenad.
Il laissa l'embarcation voguer seule, à sa guise,
dans les courants marins
qui l'emmèneraient vers d'autres terres.
Là-bas, un autre monstre s'occuperait de mettre
les restes du Fenad avec ceux de son maître.

*

Play retourna dans la grotte, marcha jusqu'à l'autel,
referma l'entrée et partit vers la forêt,
pour atteindre plus tard les plaines.

Play, arrivé dans la forêt,
classifia toute les espèces végétales qu'il connaissait,
dans sa mémoire.
Il les rangea, chacune définie en genre ou en espèce.

Ces données furent classées par un système
d'ordre alphabétique « latino binomial ».

Play les répertoria, dans l'arbre phylogénétique,
en fonction de leur évolution, de leur domaine,
de leur classe ou de leur famille.

Il ajouta des descriptions écrites à la plume fine,
baignée dans de l'encre d'Otilero,
des monstres octopus.

Il sécha la feuille,
confectionnée avec des fils de soie de Migos.

Il souffla du sable dessus,
et colla les cueillettes avec de la bave de Ritosor.

Il cacha le résultat entre deux galets,
coincés au bout de sa queue, à l'abri de la pluie,
de la neige, de la foudre ou du feu.

Il ne pouvait abîmer ces feuilles
qu'en utilisant les galets.

*

Play reprit son chemin vers la plaine.
Il ne savait pas pourquoi.
Mais il devait aller là-bas.
Son intuition ne le trahissait jamais.

La forêt était envahie par les bruits des Mokriks.
Des Norans dormaient dans les arbustes,
des Palusion volaient.
Play aurait voulu les rejoindre,
mais incapable de s'élever dans les airs
depuis sa tendre enfance, il renonça.
Il se coucha au pied d'une souche d'un arbre mort.

*

Le lendemain, au soleil couchant,
il avait parcouru la moitié de la forêt.

Sur la route, il s'était reposé
sur des troncs d'arbres abattus,
par la vieillesse ou les tempêtes.

Play marchait toujours sur un sentier harmonieux,
où les vivaces et les plantes rampantes,
ligneuses et ramifiées embellissaient le sol
de leurs teintes chlorophylliennes.
Le tronc marron des arbres était recouvert
de mousses et de lierres grimpants.
Les rayons du soleil apportaient une touche de couleur
dans ce paysage fantastique, imaginaire.

*

Hélas, le sentier devint bientôt l'intérieur
d'un cauchemar : la déforestation faite par les humains,
il y avait bien des années de cela, était encore présente.

La nature avait commencé à réparer
ces atroces abominations,
mais à certains endroits,
les dégâts étaient tellement importants,
qu'ils empêchaient la vie d'y renaître.

Des fûts de pétrole, de résidus chimiques et nucléaires,
avaient été déversés, en millions de litres !

C'était cette pollution qui avait gâché toute existence
en ces lieux.

On croyait même encore entendre la pollution sonore
qui y régnait, accompagnée par l'émanation
de la pourriture qui s'évaporait,
colorant le ciel d'un nuage orangé irrespirable.

L'air était infesté de dioxyde de carbone, d'azote,
de soufre et d'on ne sait pas quoi d'autre :
tout cela venait des déjections atomisées par les
Hommes.

Play retint sa respiration, couvrit sa peau nue de boue,
afin de ne pas être contaminé.

Il passa son chemin, et retrouva un sentier sauvage,
digne de la belle nature, arriva à la lisière de la forêt
et pénétra dans la plaine.

*

Play rampait sur la plaine
pour ne pas être repéré par des monstres.
Il copiait la tactique des Sipers.
Il se servait de l'ondulation de son corps lisse
pour avancer.
Ce n'était pas très compliqué,
car il savait que les reptiles (dont il faisait partie)
venaient des dinosaures qui, eux-mêmes,
provenaient des dragons.

Ces déplacements étaient donc déjà dans ses gènes.
Les dragons avaient donc comme descendants
la race des phénix,
mais ces derniers avaient perdu la faculté de voler.

La seule fois où Play avait réussi,
il était en danger de mort lente par l'esclavage :
il avait utilisé une orbe
pour détruire le vaisseau humain qui l'avait kidnappé,
enlevé de sa famille.

*

Play s'entraîna à canaliser l'énergie,
mais elle se relâcha, l'anéantissant au sol.
Il refusa de renoncer.

Il essaya encore :
tout ce qu'il réussit a faire, ce fut de cramer l'herbe de
cette savane.

Des broussailles s'enflammèrent,
avec des lueurs ténébreuses.
Le tonnerre éclata,
et les flammes furent éteintes par la pluie tombante.

*

Play avait appris l'alchimie,
pour mieux contrer la nature.
Il avait accumulé des connaissances
en matière de cercles de transmutation,
ainsi que sur les atomes
qu'il pouvait changer de façon équitable,
afin d'aboutir à la solution souhaitée.

Il savait aussi que seule la nature donnait vie.

Magie quantique, physique, chimique, l'esprit, l'âme :
rien ne pouvait remplacer et faire renaître un être cher.

Les rêves, l'imagination
ne montraient qu'une image de ce qu'on aime,
pas le reste.

Communiquer avec l'autre monde, par magie,
ne servait à rien, à part provoquer des défaillances
dans le destin des sorciers.

Play avait pourtant tout tenté, rites et potions,
pour pouvoir voler. Rien n'avait fonctionné.

Il n'y avait qu'un seul moyen d'y arriver :
une mutation hybride suffirait,
mais cela entraînerait la mort d'un autre, à la place.

Il n'avait jamais été question pour Play
de tuer un autre pour enfin voler.
Jamais.

*

Play finit par trouver le lieu où son intuition le menait,
à la source d'une rivière, à côté de la montagne.

Il voyait la source de la rivière,
d'une clarté reflétant sa pureté.
L'eau, dégoulinant de la paroi rocheuse,
avait formé une cuvette ainsi qu'un ruisseau,
qui grossissait
avec le débit grandissant, et devenait une rivière.
La source de la rivière avait creusé des orifices
dans la terre.

Play s'installa dans l'un d'eux pour y dormir.

*

Il se leva, car il avait eu un pressentiment :
Un monstre venait de sortir d'un caillou,
au fond de la source.
C'était un Cref-au-lait,
avec un air à la fois plein de joie et de peine mêlées.
Il semblait méchant,
et ses cheveux roses se coloraient en noir obscur.

Un autre monstre apparut :
il était d'un violet presque gris.
Sa pupille d'or était comme enfoncée
dans un brouillard noir.

Play était inquiet :
les Crefs ne se réunissaient que pour calmer les Dialas
et les Palias.

La solution vint à lui : le Palia était là et le Diala aussi.
Que faisaient autant de monstres légendaires dans cet
endroit ?

Play n'eut pas le temps de réfléchir.

*

Le Palia créa un trou noir et Dakaï,
celui que tous redoutaient,
surgit de l'espace dimensionnel !

Dakaï tua tous les monstres légendaires.

Sous le contrôle mental de ce terrible Dakaï,
les monstres ne purent rien faire pour se défendre.

Le Diala avait tenté de se protéger,
avec un hurlement, cela n'avait servi à rien.

L'espace, maintenu par le souffle du Palia,
se brisa.

Le temps, qui émanait du battement de cœur du Diala,
s'arrêta.

Le monde s'échappait du sens commun,
et la dimension envahit la source de la rivière
et s'étendit.

Dakai cria à Play :
–Si tu veux que tout redevienne comme avant,
tu dois devenir mon esclave, à tout jamais.

*

Play accepta et fut emmené dans la dimension du
crépuscule.

Il y retrouva un dragon, prisonnier depuis des
millénaires, qui s'appelait White.

*

Après le rétablissement du monde,
après avoir ressuscité tous les monstres légendaires
dont il n'avait que faire, Dakaï se mit à rire.

Seul Play lui importait !
Play serait même très obéissant,
en voyant qu'un autre esclave était déjà prisonnier
de son monde, et qu'il n'avait pas pu s'enfuir.

Dakaï, une fois de plus, s'était joué d'une de ses
nombreuses victimes.

Chapitre VII

Éclat

Éclat marchait tranquillement.
dans l'herbe mouillée par la rosée du matin.
Elle regardait les arbres danser avec le vent.
Leurs feuillages vibraient,
aux différents rythmes des musiques chantonnées
par le bruissement des branches.

Éclat, le monstre de feuilles, montait les marches
creusées dans la roche par la pluie.
Des fleurs, à l'inflorescence blanche hivernale,
recouvraient le sol de lumière
et embaumaient l'air de leurs parfums délicats.
L'odeur de la terre,
fraîchement arrosée par les nuages gris,
caressait doucement son nez.

Éclat observait cette nature silencieuse,
quand un humain sortit de sa cachette.

*

Elle connaissait bien la famille à laquelle il appartenait.
Ses parents l'avaient renseignée : c'était un scout.

Éclat devait fuir absolument l'inévitable,
même si elle savait quelle n'aurait aucun chance
de semer ce « monstre ».

Le gamin était habillé d'un chapeau de paille
attaché par un bandeau vert enroulé autour de la tête,
tee-shirt sali par la boue et la transpiration, short bleu,
tongs marron foncé.

Il avait aussi une sacoche, il en sortit une balle verte,
sur laquelle on apercevait le relief
d'une représentation de la toile de Mialo,
un monstre-toile.

Le gamin la lança, elle s'ouvrit en deux
et laissa apparaître, dans un laser rouge,
un Cisaiox qui avait des pinces
et des yeux d'un jaune rempli de rage.

Le Cisaiox utilisa l'attaque « tranche »
contre Éclat, qui l'évita en se mettant sur le côté,
puis elle courut aussi vite qu'elle le pouvait.

Le Cisaiox réussit à la rattraper,
avec l'attaque « poursuite »,
et Éclat reçut une faucille de plein fouet.

Éclat était au plus faible,
ses points vitaux étaient au plus bas et,
paralysée par la peur, elle ne pouvait plus bouger.

L'être abominable, qui contrôlait cette bête
par des ordres, tenta d'attraper Éclat avec une balle.

Éclat sentit des étoiles et des bulles,
qui séparaient les molécules de son corps,
en crevant et en devenant de l'énergie.
Elle luttait pour se débarrasser
de ces radiations ioniques,
qui étaient en train de la muter
en une esclave dépourvue de sa liberté.

La surface miroitée de la sphère
commençait à faire apparaître un paysage virtuel.

*

C'était fini pour Éclat :
elle avait été capturée par cet immonde personnage.

Éclat attendit des heures,
avant que le dresseur décide de la sortir de son cachot.

Il avait des rides
et ses cheveux étaient d'un gris machiavélique.

Le pervers admirait Éclat sous toutes les coutures.

Il prit une batte de criquet.
Il fit un sourire, en pensant à sa futur tâche,
celle qui lui procurerait bientôt
un grand plaisir de violence.

Il frappa de la batte, les jambes d'Éclat,
qui s'effondra de douleur,
sur le tapis en fourrure d'Oursing.

Ce néfaste individu, très cruel,
prit alors une crosse de hockey,
qui reposait entre des trophées de Guerages,
des monstres-aigles, qu'il avait tués lors d'une chasse.

Il la caressa, et se précipita vers Éclat, qui cria d'effroi.

Quand la crosse frappa son corps squelettique,
un os de sa jambe se cassa.
Une plaie saignante apparut,
accompagnée d'une douleur aiguë.

Éclat respirait encore, certes, mais avec difficulté.
Une chaleur insoutenable
se dégageait de l'organe touché.
Les micro-organismes de ses bactéries
combattaient une possible infection,
ou un éventuel virus.

Le braconnier s'assit,
devant un plat immonde de poissons,
qui puait et se décomposait,
mais qu'il mangea de bon appétit.

Il regarda Éclat souffrir terriblement,
jusqu'à ce qu'elle n'ait plus de voix,
et que ses larmes aient cessé de couler.
Alors, il l'enferma dans une boîte en bois,
percée de petits trous d'air.

Il n'aimait plus son jouet,
mais voulait continuer à la terroriser,
avant de la relâcher dans la nature,
dans un terrain approprié.

*

Il la relâcha donc de sa cellule,
de la prison qui la liait à lui son maître, son dresseur.

L'individu voulait pouvoir savourer
la libération d'une proie qui redevenait libre.

Mais ce n'était pas vraiment pour lui rendre la liberté.

Un ennemi faible ne lui plaisait pas,
il voulait avoir le mérite,
de ramener une victime qui s'était entraînée à survivre,
afin de lui enlever sa nouvelle vie, à jamais.

Mais plus tard, bien plus tard,
pour que sa proie tremble d'effroi
en ne sachant pas quand son assassin reviendrait !

Oui ! Cet agresseur, ce bourreau de la mort,
ce faucheur d'âmes, reviendrait un jour la pourchasser,
la capturer, la tuer et s'approprier son corps,
en trophée !

Il délivra donc Éclat, au bord d'une plage,
et partit rejoindre son habitat.

Le lendemain, Éclat se réveilla sur le sable déposé
par la marée.
La mer s'était retirée au loin.

Elle réussit à se lever et à marcher,
jusqu'à ce qu'elle s'écroule sur un lit de mousse.

Elle se nourrit alors des champignons qui poussaient
sur le lichen du tronc d'un arbre enseveli,
sous les lianes des lierres.

Éclat ne fabriqua pas d'abri
et laissa couler sur sa peau les gouttelettes d'eau.

*

Elle reprit sa route,
une fois les précipitations passées
et s'aventura dans la forêt.

Elle y trouva une pierre,
semblable à celle qui l'avait fait évoluer,
réveillant dans sa mémoire
des vieux souvenirs de l'époque.

Éclat se renseigna,
auprès de certains monstres
auxquels on pouvait faire confiance,
afin de trouver une issue de secours,
pour partir définitivement de ce continent
et ne plus être traquée par un fou dangereux.

Éclat demanda ensuite à un monstre marin
de l'emmener sur une île,
où les Hommes prétendaient
qu'il s'y passait des phénomènes étranges.

Éclat attendit la nuit,
avant de fouler de ses pieds la terre rêvée.

Elle avait entendu,
par des humains présents sur le port,
que l'île, qu'ils décrivaient comme maudite,
s'appelait Sikan.

Éclat suivit le cours d'une rivière, et arriva
à sa source, où elle rencontra un monstre,
qui avait peur de la mort.

Elle lui raconta alors l'histoire d'un autre monstre
appelé Fair.

*

Quand il était jeune,
Fair était un monstre qui récupérait plus au moins vite,
en fonction du climat, mais il s'affaiblissait rarement.

Il était généreux, charitable,
et offrait sa vie aux monstres.

Bon d'esprit, il avait l'âme d'un héros.

Courageux, Fair affrontait toutes les intempéries
pour sauver un monstre en détresse.

Brave, il venait au secours des victimes.

Il se serait sacrifié en cas de besoin,
et n'aurait pas hésiter à mourir
pour sauver un monstre en danger.

Ses services, il les donnait aux plus démunis.
Il partageait avec eux sa nourriture, ses biens.

Fair considérait tous les êtres
comme s'ils faisaient partie de sa famille.
Il n'avait aucun chouchou :
pour lui tout le monde était au même rang.

Fair adorait la nature, la voir, l'entendre.
Il n'éprouvait ni haine, ni colère.
Il n'avait, en aucun cas,
l'idée de s'attaquer à quelqu'un de bon.

La violence, il ne la réservait que pour les méchants.

Aimable, il s'en allait vers le futur,
mais il n'oubliait jamais le présent ni le passé.

Mais cette sérénité allait le quitter.

Fair qui était alors un simple Ponata,
évolua en Galoa, un monstre cheval,
à la chevelure longue,
enduite d'une coulée ardente d'un feu éblouissant.

En ce temps là, dans ses yeux,
dormait le feu qu'il avait en lui.

Ses pupilles étaient comme le charbon noir,
en attente d'être allumées.
Ses sabots étaient d'un bleu azur, un bleu profond,
comme le ciel au coucher du soleil.
Son corps avait une teinte beige qui,
dans l'ombre, devenait d'une couleur cendre.
Dans la nuit, ses flammes rougeoyaient,
d'une brillance pareille à celle de la lumière de l'aube.
Le feu, qu'il fabriquait,
éclairait d'un orange tendre les arbres qu'il illuminait,
embellissant les alentours d'un parfum d'été.

Un jour d'un froid glacial, Fair réchauffa l'espace.
Cela lui prit beaucoup de temps.
Il en tomba même, épuisé de fatigue et de faim.
Cela faisait très longtemps qu'il n'avait pas mangé.

Le jour faisait désormais place à la nuit.

Fair buvait la dernière gorgée d'un breuvage minéralisé,
quand il fut prit de pulsations rapides.
Le rythme de son cœur,
allait beaucoup plus vite que s'il avait galopé,
sans s'arrêter, pendant des semaines.

Fair, se reposa toute la nuit, mais au réveil,
il était encore très faible.

Fair reprit sa route et vit un pont,
qui lévitait dans le vide.
Le pont était tellement grand, qu'en le voyant,
Fair crut que c'était une imagination
de son esprit affaibli.

Mais c'était bien la réalité.

Le pont était tellement long que Fair,
pour le traverser en entier,
dut marcher toute une journée,
suivie de toute une nuit aussi !

À la sortie, il y avait une faille
menant à la terre d'en bas.
Fair avait dut sauter, de pierres en cailloux,
et déplacer des rochers,
pour arriver au fin fond de la montagne.

*

Il y avait là deux crevasses et une gigantesque prison.
Des barreaux de fer formaient des cages,
un portail en fermait l'accès.
Fair passa entre les chaînes métalliques
bloquant l'accès des portes.
Il brisa les maillons en les faisant fondre
avec ses flammes.

Il réussit à les franchir,
mais devant lui s'offrait un coffre blindé.
On ne pouvait ni passer par ses côtés,
ni même en le grimpant !

La terre trembla, le mur pénétra dans le sol,
soulevant sous son poids des collines,
qui ne tardèrent pas
à devenir des chaînes de montagnes,
séparées par de profonds canyons.

Le séisme s'estompait,
laissant place à une gravité pesante.
Fair ne pouvait que ramper.

*

Il put enfin marcher normalement,
quand un monstre, aux traits féminins,
se posa près de sa tête.

Elle était polie, elle avait aidé Fair à se redresser.
Elle donna à Fair, de quoi se rassasier.
Elle lui dit qu'il n'était pas encore mort,
et qu'il devait continuer à nourrir son âme.

Fair mangea les brins d'herbes,
baignés dans une sauce de feuilles,
de copeaux de bois et de rameaux fragmentés,
avec une crème de mousse.
Il goûta l'eau qui provenait d'une source naturelle,
et lécha les résidus minéralisés de magnésium,
de calcium, de sodium.

Fair remercia sa sauveuse,
de lui avoir prêté une telle attention,
afin qu'il se délecte de ce festin.
Elle lui montra d'où provenait ces aliments :
ils surgissaient des prairies environnantes.

Fair savait qu'il avait des choses à faire,
mais il traînait.

Le temps semblait s'écouler longuement,
le vent ne soufflait pas, il râlait.
Dans les fleuves, les courant étaient glacés,
des icebergs y dérivaient.

Fair ne se sentait pas motivé,
il se désintéressait des choses.

L'air était absent dans certains endroits,
l'espace laissait même passer le vide.

Des milliards de trous creusaient la terre et,
avec peine, la rongeaient de partout,
en enlevant des morceaux.
Le feuillages des arbres tombait au ralenti.

Quand Fair marchait,
ses pas, ses enjambées étaient très lents.
Le paysage était toujours le même,
tous les moindres détails se ressemblaient :
il les voyait et revoyait sans cesse, à en tomber malade.

Fair tourna les yeux.
Il vit pourtant encore, devant lui, la même image fixe.
Il se surprit à bailler, le sommeil l'attaquait.

*

Il se réveilla en sursaut.

Une bâche tapissait le ciel,
des étoiles étaient attachées dans le ciel,
au firmament, dans le noir de l'espace.

Les herbes qui poussaient en ce lieu,
étaient fragiles et se cassaient en débris.
Le sol s'affaissait sous son poids
et ces mouvements craquaient la roche.
Des fissures s'étendaient maintenant,
comme des toiles d'araignées.

Ces toiles collaient.
Fair ne pouvait plus bouger.

Fair se sentait hostile : la rage montait en lui.

Il détestait ce sentiment : la haine.

Ce sentiment dont il ne voulait pas, se déversait en lui,
pour l'envahir de noires pensées.

Fair était devenu colérique,
il ne pensait qu'à frapper quelqu'un.

Il se tapa le cerveau, pour éclaircir son esprit.
Sa vision en fut troublée.
Il ne pleura pas.

Ses larmes étaient sèches
depuis que ses parents étaient morts.
Le goût amer revenait toutefois,
le chagrin montait en lui.

*

Une criante douleur poignarda Fair.
Un dommage affectif brisa l'intérieur de son corps.

Fair tomba à la renverse sur les rebords d'un gouffre.

Du sable y tomba, et des grains tombèrent aussi
bruyamment, dans l'eau salée de l'océan,
au fond du gouffre.

Seul, personne.

Fair attendait que la mort vienne le chercher.

Rien ne vint, car maudit était Fair.
Strictement désertique était son domaine.

Les cellules de Fair se rétractaient sur sa peau,
la chaleur de sa crinière s'affaiblissait,
le cœur ralentissait sa cadence.
Sa respiration le quittait.

Son esprit perdait de sa lucidité,
incapable de réfléchir, de penser.

Fair n'avait plus son libre arbitre.

Fair devint pâle.

Il tomba, dévala le versant des chaînes des montagnes,
puis le plateau du désert et chuta, tout en bas.

De la glace immobilisa les membres de Fair,
il en eut les « chocottes ».

Un frisson glacial passa sur Fair,
dont les dernières ressources d'adrénaline
s'estompaient.

L'air claquait sur ses joues,
et le sifflement de ses oreilles passait du grave à l'aigu,
ce qui l'amena aux limites de son subconscient.

Il nageait dans l'air,
ses souvenirs défilaient dans son âme.

Fair martelait le vent.
Il s'approchait du sol où régnait la mort.

*

Il savait que c'est là qu'il trépasserait,
gisant étendu sur son lit mortuaire.

La Mort, elle, se délecterait de sa chair,
lécherait ses os
jusqu'à qu'ils deviennent une fine poussière blanchâtre.

Car telle était la Mort,
reine de la dimension du crépuscule.

*

Cette unique peur massacrait son moral,
brisait le passé, fermait le futur,
et le présent commençait à manquer...

Fair était à une centaine de mètres du sol,
quand un champ de télékinésie le stoppa en l'air.

La frayeur quitta Fair doucement,
laissant son empreinte derrière elle.

La Mort arriva, congelant l'espace autour d'elle,
fit hiberner toutes les traces de vie, sauf celle de Fair.

Elle observa aussi
les organes qui poussaient sur le corps squelettique
de Fair, sa proie.

Les orifices du nez de la Mort s'aplatirent,
et formèrent une lettre dite par les humains.

Fair se vit revenir à la vie, la Mort la lui reprit.

Il revint encore à la vie, la Mort la lui reprit à nouveau,
et ainsi de suite, pendant un temps infini.

La Mort attendait que Fair craque,
la supplie de l'épargner,
lui promette de se vouer à son service.

Fair se taisait, il ne parlait point, gardait le silence.

Son visage n'exprimait aucune émotion,
les mots maléfiques ne faisaient apparemment
pas d'effets !

Fair ne luttait pas.

Il y avait dans son cœur de l'espoir et de l'amour qui
l'envahissaient.

La Mort détestait ces sentiments et cela lui pesait !

*

Elle se mit à tisser les ficelles du temps, les prit,
les tendit comme un élastique.
Elle utilisa Fair comme une flèche,
et les fils comme la corde d'un arc.

Fair atterrit sur le sol, éclata la paroi rocheuse.
Puis il lança une flamme,
dans l'espoir d'être protégé par une boule de feu.

Le monde s'effaça et tout disparut.

Tout d'un coup, Fair se trouva dans le vide, le néant.
Pas de paysages, que du noir.

*

C'est alors que Dakaï, surgit de sa dimension,
à la recherche d'une proie.

Il eut à peine le temps de voir disparaître Fair,
mais ne put l'attraper.

Fair, se retrouva par magie, dans la chaîne des
montagnes, là où il avait failli mourir.

Fair s'avança, s'aventura près du reflet de l'eau :
il avait vaincu la Mort !

Sommaire

Ce récit se passe sur l'île de Sikan.

Voici les personnages principaux,
qui ont donné leur nom aux chapitres :

Sans oublier le légendaire Dakaï !
Ce dernier est présent dans tous les chapitres !

Si vous avez aimé le livre Dakaï,
merci de laisser un commentaire et une note
sur votre site d'achat ou sur les réseaux sociaux.

En fonction des retours, il pourrait y avoir une suite au
livre, qui expliquerait plus en détail le légendaire
Dakaï.